Verbum NARRATIVA

EN BLANCO Y NEGRO

Gonzalo Navajas

GONZALO NAVAJAS

En blanco y negro

NOVELA

EDITORIAL *Verbum*

© Gonzalo Navajas, 2007
© Editorial Verbum S.L., 2007
Eguilaz, 6-2º Dcha. 28010 Madrid
Apartado Postal 10.084. 28080 Madrid
Teléf.: 91-446 88 41 - Telefax: 91-594 45 59
e-mail: verbum@telefonica.net
I.S.B.N.: 978-84-7962-377-7
Depósito Legal: SE-134-2007 U.E.
Diseño de la colección: Pérez Fabo
Ilustración de cubierta: Cartel de Lorenzo Goñi, 1938
Fotocomposición: Origen Gráfico, S.L.
Printed in Spain /Impreso en España por
PUBLIDISA

Para Daniel y José, que siguen aquí

ÍNDICE

I. EL MANUSCRITO INCOMPLETO

Todo empezó con un cuento, un manuscrito y una cámara de vídeo. El cuento me lo había contado numerosas veces Miguel, mi padre. Lo llamaba el cuento de la ciudad de la luz y las tinieblas. El manuscrito, que mi padre no pudo terminar, lo encontré en el suelo del jardín de su casa el mismo día de su muerte. Y la cámara de vídeo no se ha separado de mí durante los últimos años de mi vida. El cuento, el manuscrito y la cámara han sido y seguirán siendo mis amigos y compañeros fieles. Son, además, el material con el que he compuesto este relato, que habla con varias voces: unas veces se expresa mi padre directamente en él, otras soy yo quien habla y otras es la cámara la que dirige la narración.

Mi padre murió hace tiempo en su casa de Balboa Island, no lejos de San Diego, adonde había ido tras jubilarse después de haber trabajado durante largo tiempo para los estudios de Hollywood. Como es común en las relaciones padre-hijo, mi relación con él fue a veces ambivalente y conflictiva. No es fácil avenirse con un padre que, por razones de trabajo y destino personal, dispone sólo de un tiempo limitado para estar con su hijo. Yo, con frecuencia, hacía sentido resentimiento hacia él, en especial cuando estaba ausente y me llevaba de una casa a otra, de un amigo a otro, todo por exigencias del trabajo y de su vida personal. Pero mi padre tenía también muchas cualidades y, al crecer, advertí que era posible la reconsideración, el percibir y analizar las cosas de distinta manera. Para ello, me ayudó el manuscrito que dejó inacabado y que había titulado "En blanco y negro", en alusión a las películas en las que había colaborado en una capacidad u otra en los años de la época clásica de Hollywood. "En blanco y negro" era un texto autobiográfico en el que narraba su peripatética vida desde su marcha de España en los años de la posguerra y su ulterior llegada a Estados Unidos, vía México. Leí el manuscrito, me conmovió y me propuse convertirlo en el punto de partida de una nueva visión de mi padre y de los que, como él, sufrieron las consecuencias de un tiempo ahíto de violencia y odio. Un tiempo que no fue el mío y del que me siento alejado en cuanto a los años, pero con el que estoy vinculado por razones personales. Reescribí el manuscrito en forma de guión y me propuse hacer una película de él. Al mismo tiempo, quise también completar lo que mi padre había dejado inacabado. Pero no como una mera repetición de lo que él había escrito –había demasiados vacíos en el texto– sino como una reconstrucción personal mía de lo hecho por él. Este libro es la consecuencia de mi decisión. Lo inicio hacia la mitad y en tercera persona con el viaje que hicimos Nadia –la actriz principal de mi película– desde San Diego a España y otros países europeos para obtener material en directo sobre la vida de Miguel y para filmar algunas escenas centrales de mi película.

Para Nadia ese viaje era una aventura. Para mí, una necesidad imperativa. Ella nunca había estado fuera de Estados Unidos y un viaje a Europa era un acontecimiento excepcional en su vida. Para mí, el viaje era decisivo para llevar a cabo mi proyecto de la película que deseaba hacer desde hacía tiempo. Era mi primera película larga y estaba convencido de que teníamos posibilidades de éxito. Había hecho antes cortos y vídeo-clips que se habían exhibido en festivales aquí y allá, pero ése era mi proyecto de verdad, el que mi propio padre hubiera deseado hacer. Llevarlo a cabo era darle a él la voz que su tiempo le había denegado.

El primer punto de llegada de nuestro viaje fue el pueblo de nacimiento de mi padre. No juzgo necesario incluir su nombre pues mi padre no lo menciona apenas y en mi película aparece deliberadamente de manera imprecisa. Baste con decir que queda situado entre las montañas de la Rioja alta y Soria y que lo cruza un río de aguas torrentosas que mi padre me había ensalzado con palabras envueltas en la melancolía y el recuerdo nostálgico. Llegamos al lugar por la tarde, atravesando montañas elevadas y paisajes idílicos hasta llegar a la plaza del pueblo donde tenía la parada el autobús. Encontramos sin dificultad habitación en la pensión que daba a un puente sobre el río y, mientras cenábamos, pregunté por la señora Ignacia, una mujer amiga de la familia, que, de no haber muerto ya, esperaba fuera mi primer contacto en el lugar.

La señora Ignacia vivía en la parte alta del pueblo y en la cafetería de la pensión les habían dicho que podrían encontrarla en su casa después de la misa de las nueve a la que asistía todos los días. Aquella noche, mientras oían el rumor de las aguas del río, Nadia le había asegurado a Mike de nuevo que estaba con él sin reservas, que podía contar con ella en todo y esa confianza le había dado fuerzas renovadas para proseguir un proyecto sobre el que a veces tenía dudas que le hacían desfallecer en su convicción y empeño.

El día se levantó con un sol esplendoroso y en aquel pueblo de casas de piedra centenarias la luz de la mañana se reflejaba con fuerza contra las paredes blanqueadas. Mike se sentía feliz por primera vez en bastante tiempo. Estaba trabajando con Nadia en un proyecto en el que había soñado desde siempre. Una película larga, parte documental y parte ficción, en torno al descubrimiento de las huellas familiares, el encuentro con un país y una parte de su padre para él desconocidos. Tenía que sentirse feliz.

Cuando llegaron a la casa de la señora Ignacia, ella estaba en el huerto. Iba vestida de negro, con unas faldas anchas que le cubrían hasta los pies, y les recibió con una jovialidad genuina que se transparentaba en su rostro arrugado y curtido por el sol. Les ofreció unos tomates del huerto al tiempo que les pedía disculpas por no atenderlos en la casa como era de esperar.

–Desde que murió Primitivo, mi marido, ya no soy la que era, he perdido las ganas de todo –les confesó, con resignación–. Ya casi ni siquiera cocino para mí misma. El huerto, cuidar de cuatro plantas, eso es lo único que me mantiene viva.

Le explicaron que venían a preguntar sobre su padre, "vivimos en América –le dijo Mike– y quisiera saber de él, recuperar el pasado, aprender lo que él no tuvo tiempo de contarme".

La señora Ignacia les escuchaba con curiosidad y atención, como si aquellos forasteros pudieran darle momentáneamente un nuevo aliciente a su vida. Se sentó en una silla vieja de mimbre bajo un manzano y les invitó a que ellos lo hicieran a su vez sobre una cerca baja que rodeaba el huerto.

–A Miguel, tu padre, lo conocí de niño y de muchacho. Luego, marchó a Barcelona y ya después le perdí la pista. Las amistades me hablaban a veces de él, me decían que estaba en México, paseándose por América, en Hollywood, haciendo cine, qué se yo, y me asegura-ban que iba a venir a vernos, pero ya no supe de él más que a través de los demás. Así me enteré que se había muerto… Tu padre siem-pre me cayó bien. De su familia él era el más echao palante, el más emprendedor, se marchó del pueblo sin nada en las manos y salió adelante, y eso está muy bien. Miguelillo tenía ideas propias, sabía lo que quería, no como los del pueblo que se quedaron por aquí, haciendo lo mismo que todos los demás habían hecho siempre. Tu padre supo hacer las cosas de manera diferente. Y tú me parece que has debido salir como él.

Mike le dijo a la señora Ignacia que había aprendido a viajar de él, que era él el que le había inspirado a moverse, a pensar y actuar por su cuenta. Nadia escuchaba la conversación en silencio, maravi-llada de que hubieran hallado, por fin, un punto de referencia obje-tivo sobre el pasado del padre de Mike. Había hecho aquel viaje por él, porque le fascinaba que tuviera ideas y proyectos y porque quería ayudarle a realizar el guión de su película y descubrir con él las raíces de un hombre del siglo XX, un tiempo que a ella le pertenecía sólo marginalmente, no como al padre de Mike que quedaba por com-pleto dentro de él, de principio a fin, con todas las guerras, las crisis, las grandes causas y las grandes decepciones, y su película sería un testimonio de ese hombre anónimo en un siglo aciago y extraordina-rio a la vez.

–A tu padre –prosiguió la señora Ignacia– curiosamente lo salvó el jaleo de la guerra. Fue eso lo que lo sacó a la fuerza de aquí y luego ya no volvió, qué iba a hacer en este pueblo sin futuro, su familia se marcharon todos y él me imagino que anduvo dando tumbos y recibiendo golpes, pero tuvo éxito, ganó dinero, hizo cosas de valor, en fin, un tío como Dios manda.

Mike le preguntó qué se había hecho de la casa de la familia, de los amigos que su padre había tenido, quería saber urgentemente de él, antes de que fuera demasiado tarde y se perdiera todo para siempre.

–La casa de la familia –continuó la señora Ignacia– se la vendieron a un indiano que hizo dinero en Chile y luego, a la vuelta, les compró la casa y la remodeló a su gusto, aún podéis ver dónde está, queda al final de la cuesta, junto a la fuente en la parte de arriba del pueblo. Ir y la veréis. Tu padre era un hombre especial, uno de esos hombres que, de haber nacido en otro lugar, una ciudad grande, hubiera llegado lejos. Nosotros, los que no tenemos nada ni somos nada tenemos que resignarnos siempre a quedar apartados de todo. No contamos para nada y tu padre tuvo la valentía de rebelarse contra eso.

Se despidieron de la señora Ignacia, que los acompañó hasta la puerta de su casa y les dijo adiós asegurándoles que podían volver cuando quisieran y que siempre serían bienvenidos en su casa.

Subieron las calles empinadas bajo el sol de la mañana. Nadia le confesó que le encantaba estar allí con él, que nunca se había sentido tan cerca de él como en aquel momento y que quería ayudarlo a hacer una película maravillosa de la que podría enorgullecerse para siempre.

Mike la escuchaba absorto en sus pensamientos. Por aquellas calles había corrido su padre de niño, había jugado allí con sus amigos y hermanos, había tenido las primeras fantasías, tal vez el primer amor. Había corrido por aquellos campos feraces, se había bañado en el río, había escrito sus primeros versos en la clase de Don Fulgencio, el joven maestro de la escuela del que le había hablado tantas veces y que todavía esperaba encontrar con vida.

Llegaron a la casa familiar. La fachada de piedra se había conservado como él la había visto en fotos. La pesada puerta de madera con arco de medio punto seguía tal como él la recordaba. La alta chimenea de ladrillo también estaba intacta, los encinos y los árboles frutales de los que su padre le había hablado seguían allí. Llamaron a la puerta pero no les contestó nadie. Dieron la vuelta alrededor del muro que rodeaba el huerto y, a través de las rejas de una puerta metálica, vieron el interior. Los nuevos propietarios habían añadido árboles y plantas, pero la fuente de la que su padre le había dicho que jugaba con los peces que había en ella, seguía todavía en el mismo lugar. Mientras estaban frente a la casa, una vecina les dijo que los señores habían salido de viaje y que no volverían hasta dentro de unos días.

Mike le dijo a Nadia que le gustaría visitar el cementerio. La vecina les dijo que era un cementerio abierto y que podían visitarlo a su gusto. Mike cogió a Nadia de la mano y se encaminaron, pendiente arriba, hasta pasar las últimas casas del pueblo. Estaban a más de mil metros de altura y desde allí contemplaban el inmenso valle, las laderas de las montañas boscosas, las aguas del río entre los álamos, el límpido cielo azul.

–Estos paisajes son los primeros que vio mi padre en su niñez –le dijo a Nadia, abrazados los dos–. Cosas así te definen para el resto de la vida. Mi padre quería ir siempre más allá. Descubrir lo que quedaba más lejos, trascenderlo todo, romper fronteras y límites, pero yo sé que, al mismo tiempo, nunca dejó de estar aquí. En las calles de Barcelona, en el frente, en los años duros de Hollywood esto es lo que lo mantuvo vivo, y eso es lo que me transmitió a mí y es lo que aprendí a llevar de él siempre conmigo. En gran parte, me ha traído aquí mi desasosiego, mi culpabilidad, el que no siempre fui justo con él y no quise reconocer lo que hizo por mí, pensando más en lo que no había hecho que en lo me había dado, pero luego, con el tiempo, aprendes a reconocer las cosas de manera más justa, eres más independiente y eres capaz de reconocer lo que los demás han hecho por ti incluso cuando tú no querías reconocerlo.

Ya dentro del pequeño cementerio, buscaron la tumba familiar que quedaba en una esquina bajo unos cipreses. La tumba estaba abandonada, cubierta de polvo y la cruz de piedra que la presidía tenía resquebrajado uno de los brazos. El sol caía pesadamente sobre la losa de mármol.

–Mi padre siempre fue más generoso con los demás que con los suyos –prosiguió Mike, acercándose a la tumba–. Las ideas podían más en él que la relación individual. Se descuidó bastante de sí mismo y se dedicó a salvar el mundo. Como suele ocurrir en esos casos, no le fue demasiado bien en su tarea redentora y, cuando quiso volver a casa, a lo que él había construido como núcleo familiar, era ya en parte demasiado tarde. Yo descubrí a mi padre cuando ya era mayor e hice lo que pude para recobrar el tiempo perdido. Lo conseguí sólo parcialmente y este intento de ahora no es más que un deseo de compensar las deficiencias y ausencias del pasado.

Desde el cementerio, se veían los tejados de las casas, los viñedos, los álamos en las dos riberas del río, el puente de piedra que unía las dos partes del pueblo. En ese mismo puente, su padre le había dicho que había habido fusilamientos durante la guerra y había habido movimiento de tropas de uno y otro bando. Su padre había vivido fijado en ese tiempo arquetípico de la guerra, un tiempo excepcional que a él no le pertenecía y que él había aprendido a apreciar demasiado tarde cuando no había ya casi remedio y el conocimiento directo que podía aportar su padre ya había desaparecido. Ahora sólo le quedaban las fuentes indirectas, el testimonio de los amigos cada vez más reducido en número y presto ya a ser arrumbado por la muerte.

A un lado de la vista panorámica que se le ofrecía, Mike captaba con su cámara las montañas de pedrisca rojiza por donde Miguel se había deslizado jugando con otros niños y compañeros en su infancia. Miguel de niño había gritado allí, entusiasmado por el vértigo de la bajada, se había reído, se había enorgullecido de su audacia, subiendo y bajando por aquellas pendientes con sus amigos, para bajar y volver a subir por el mismo lugar. Captar esas montañas inmutables sobreponiéndoles la imagen de Miguel era un modo de combatir el tiempo, vencerlo con sus propias armas y en su propio terreno, oponer a olvido memoria y a destrucción y aniquilamiento la reconstrucción de una biografía para él apasionante.

Su película trasladaría las ambiciones de un hombre fragmentado y roto por las circunstancias de una época que se había ido haciendo antiheroica y mezquina, desinteresada en los hechos y acontecimientos decisivos, una época en la que Mike había nacido y que, por tanto, era la suya, pero que él presentía como no realmente propia, un tiempo en el que no podía reconocerse, que le identificaba, pero que él presentía como insuficiente, ya que le abrumaba a veces por su superficialidad, que le hacía a él mismo banal y sin fuerza, sin el componente trágico que tuvo la gente del tiempo de su padre.

–Mi padre fue un hombre como muchos otros de su época a los que la violencia colectiva y absoluta hizo y deshizo al mismo tiempo. Le hizo sufrir, le desbarató la vida, pero le dio al menos la opción de vivir al borde, sobre el abismo, sin llegar a precipitarse en él pero viviendo contemplándolo, experimentando desde dentro la angustia de un tiempo aciago e implacable. Qué daría yo por tener una utopía como la suya, aunque luego ese sueño me desengañara como lo desengañó a él. Nuestra película deberá captar eso. Un tiempo pasado en el que todavía era posible actuar de verdad, sin que los grandes actos parecieran una caricatura de la grandeza como ocurre hoy, sin caer en el ridículo de la retórica y las palabras grandilocuentes y vacías. La coincidencia del gesto, la palabra y la acción. Eso es lo que tuvo él, algo real y genuino a diferencia de los sucedáneos con los que nosotros debemos conformarnos.

Nadia lo abrazó, besándolo con ternura en los labios.

–*You are great*, Mike, de verdad. Y que estés aquí conmigo buscando información sobre tu padre y sobre un pasado lejano que no interesa ya a casi nadie para hacer una película difícil, que no va a tener mucho público, es una demostración. Tu padre hizo lo que debía hacer, lo que le correspondía, y tú lo haces con el cine. Y yo me estoy muriendo de ganas de ayudarte en tu proyecto. Mike, me tienes a mí, que creo en ti, que voy a estar contigo hasta el final de la película, pase lo que pase, y que te voy a acompañar dondequiera que vayas.

Nadia volvió a besarlo, estrechándolo contra ella. Iba a hacer la mejor película que había hecho nunca. Porque, como su padre, Mike era alguien distinto, y le había ofrecido participar en la película y ella había aceptado de inmediato sobre todo por trabajar con él. Hacer una película sobre la posguerra española con ambiente americano y Hollywood le parecía una oportunidad única. Un doble papel, como la hija de un brigadista de la *Lincoln Brigade* que se enamora de un exiliado de la guerra a su llegada a Estados Unidos. Y además hacer el papel de una amante del padre de Mike en Barcelona. Filmar en Nueva York, en Los Angeles y en Barcelona, ser la compañera de un héroe extraordinario y viajar a España y Europa, no podía existir una oportunidad mejor para ella.

–Aquí están mis orígenes –prosiguió Mike–. Aquí empezó todo para mí, hace mucho tiempo, un tiempo que se ha borrado de la memoria de los jóvenes. Aunque llego tarde, he hecho, por lo menos, el camino del encuentro con el comienzo de todo. En América vivimos tan obsesionados con el cambio, el mañana, que hemos perdido la conexión con el pasado, el sentido de la historia, la continuidad con lo que nos ha precedido. Y yo en mi película quiero recuperar eso.

Mike seguía contemplando el valle cortado por el río desde lo alto del cementerio. El cielo impecablemente azul ofrecía un marco perfecto para los picos de las montañas. Estaba presenciando el mismo pasaje que su padre había visto con ojos maravillados y absortos de niño. En esos picos majestuosos se habían refugiado sus sueños y, en instantes de lucidez especial, había concebido las aventuras que habían definido su vida: la persecución, la guerra, los viajes, la marcha, América, él mismo.

Mike se despidió de la tumba familiar tocando con los dedos la lápida de mármol. Nadia advirtió que le caían las lágrimas y sintió compasión por él, mientras le apretaba más fuertemente la mano dirigiéndose a la puerta metálica de la salida del cementerio.

–Vamos a la casa de Don Fulgencio, el maestro. El tendrá más información –dijo Mike, secándose las lágrimas con la mano.

La casa del maestro estaba al otro lado del río, cruzando el puente y se dirigieron allí bajando por las calles de piedra. Les abrió una mujer anciana de cabellos canosos, amable y extrovertida. "Pasad, les dijo, mi marido ya no puede salir de casa, pero todavía piensa y habla con claridad. Estará encantado de hablar con vosotros".

Don Fulgencio estaba sentado en una silla y tenía las piernas cubiertas con una manta. Estaba bien afeitado y acicalado y su apariencia era de un hombre anciano pero de inteligencia todavía viva y proclive a la locuacidad.

–No sabéis cómo me alegro de que hayáis venido a verme. Ya no me levanto de esta silla más que para lo más imprescindible. A esto llegamos los viejos. Por eso, se agradecen las visitas, sobre todo las vuestras que vienen de tan lejos… Claro que me acuerdo de tu padre, Miguelín. Era uno de mis alumnos preferidos. Uno de esos chicos que se nota que no van a ser como los demás, que van a hacer algo diferente en la vida, y no se van a conformar simplemente con seguir a los demás, ser como todos. Tu padre era listo y se interesaba sobre todo por la geografía, le encantaba saber de otros países, otras gentes, no le gustaba el pueblo, quería correr mundo, me decía. Cuando salíamos de excursión al campo, él era el que siempre preguntaba por los nombres de los pájaros, de las plantas, de las clases de nubes. Era listo Miguelín, muy listo, yo lo quería mucho pues se interesaba por todo y además ayudaba a los demás, no era arrogante aunque en realidad estaba por encima del resto. Luego le cogió la maldita guerra y todo lo que llevó consigo y tuvo que marchar. Al cabo de los años, cuando ya estaba en América, me envió una carta en la que me decía que yo le había inspirado a ser lo que había sido, a no conformarse, a ver mundo y que llevaba mis enseñanzas consigo. Sí, me alegro mucho de que hayáis venido a verme. Me gusta haber conocido a su hijo, ver que tuvo una buena vida en América, que tuvo el éxito que se merecía y que este país nuestro no quiso darle. Aquí, en el pueblo, algunos envidiaron su éxito, hasta llegaron a hablar mal de él, que si se había manchado las manos de sangre en Barcelona durante la guerra, que si se había enriquecido de mala manera, que si se había divorciado y había abandonado a su familia, la gente de los pueblos es así, no les interesa más que lo suyo, su territorio minúsculo, sus pequeñas fronteras, a los que han hecho algo diferente los ven como una amenaza, y tu padre era la suprema amenaza pues rompió todos los moldes a los que ellos están acostumbrados. Pero yo le admiré siempre y todavía le admiro y me alegra que vayas a hacer una película sobre él y los que, como él, intentaron aportar algo a su época, un tiempo de grandes ideas que causaron muchas desgracias pero también abrieron muchas esperanzas.

Don Fulgencio les dijo que había oído que su padre, junto con un grupo de anarquistas habían cometido un delito de sangre en los días turbulentos de la guerra en Barcelona y que eso le había obligado a marchar del país. Lo que Don Fulgencio les reveló confirmaba algunas alusiones que Mike había hallado en el manuscrito de su padre, una zona oscura y vaga que Miguel no había aclarado nunca y que Mike no sabía si incluir en su narración filmada. Su padre había querido romper los vínculos con un pasado que le oprimía, pero al mismo tiempo los segmentos más desgarradores de ese pasado –como con el relato de Don Fulgencio– seguían emergiendo impensadamente a la superficie.

Dejaron al maestro al que le agradecieron su generosidad y comentarios y luego se dirigieron al ayuntamiento donde querían verificar algunos datos personales en torno a la familia de Miguel. En el ayuntamiento no había nadie para atenderles en ese momento y Mike aprovechó para tomar unas imágenes de la parte baja del pueblo. Sabía que de alguna manera podría aprovecharlos en la película.

Luego, siguiendo el camino que bordea el río, se dirigieron al frontón del pueblo. A ambos lados del camino, las hojas cimbreantes de los álamos proyectaban una sombra refrescante que agregaba un contexto de paz y sosiego al rumor ininterrumpido del río. Mike le comentó a Nadia que su padre en el manuscrito narraba que ese frontón había sido utilizado durante la guerra para la ejecución de los vecinos de uno y otro bando.

–Primero, los de un lado. Luego, los del otro, cuando llegaron los franquistas. La sempiterna historia de todas las guerras. En la guerra civil americana pasó algo parecido. La represalia, la venganza predominan siempre. A mi padre siempre le gustó la pelota, incluso llegó a jugar bastante bien, pero ya no quiso volver a jugar más después de lo que pasó aquí.

Bajo los árboles que movían sus hojas mecidas por el viento, descendieron abrazados por el camino que seguía paralelo al río. En contra de experiencias pasadas definidas por la incertidumbre y los temores, Nadia había apostado por aquel hombre al que le había entregado su confianza. El estaba ahora en silencio, pero lo sabía a su lado, ambos unidos por una misma empresa en la que ella había decidido participar voluntariamente a partir de él, por sus convicciones e ideas. Se hallaban solos en aquel lugar remoto y completamente alejado del medio familiar del sur de California, pero al mismo tiempo sabía que, en esos instantes, no requería de nada ni nadie más. Era como estar en el epicentro del mundo, entre valles y montañas milenarias, aun estando físicamente a miles de millas de todo lo suyo. Carretera abajo quedaba la ciudad y, en ella, la agitación y el movimiento, pero ellos estaban allí al margen de todo y de todos enfrentados a la historia del pasado de Mike y su película. Le había escrito a su amiga, Liliana, diciéndole que, pasara lo que pasara, no se movería del lado de Mike, que ese viaje lo iba a hacer con él hasta el final, por encima de todos los obstáculos.

El frontón había sido renovado y las paredes y gradas habían sido reconstruidas y estaban recién pintadas. Era difícil imaginar que ese mismo lugar, apacible y solitario ahora, había sido, hacía años, un espacio de la violencia y el odio. Avanzaron hasta la mitad de la pista de cemento. Mike se ajustó su gorra para protegerse del sol y le dijo a Nadia que se sentara en las gradas bajo la sombra de los árboles.

–Aquí les daban el paseo –exclamó, dirigiéndose a Nadia con la voz cortada por la emoción–. Primero los llevaban delante del público que estaba sentado ahí mismo donde tú estás ahora y luego les hacían una caricatura de juicio sumarísimo y eran condenados a muerte. No importa que la condena no se ejecutara a veces, sólo la experiencia de ese acto de castigo colectivo traumatizaba para siempre. Era como salir vivo de Auschwitz, la memoria de lo que se había vivido en el campo de concentración determina la vida para siempre. Parece increíble visto desde aquí y ahora, pero, según lo describe mi padre en su manuscrito, debió ser aterrador. Mi padre cuenta que su hermano había pasado por el proceso y fusilado contra la pared alta del frontón. Imagínate la sangre esparciéndose contra la pared, inundando en regatones el suelo, entre los gritos y exclamaciones de los vecinos del pueblo que se sentaban en esas gradas. Afortunadamente mi padre no estaba ya aquí, si no, hubiera corrido la suerte de su hermano. Yo creo que siempre se sintió culpable por haber eludido la suerte de él. Ese es el horror que quiero captar en la toma del pueblo, ¿comprendes? Tú eres uno de los espectadores de ese espectáculo y lo contemplas horrorizada, pero al mismo tiempo te sientes intimidada por el resto de los vecinos, con temor a no ser como ellos y sufrir el castigo por ser diferente, pero sabes también que tú no eres así, que te horroriza todo aquello y que en tu conciencia lo condenas como un acto monstruoso.

Mike hizo con la cámara un *panning* lento y prolongado del frontón. Se detuvo en la esquina donde confluían las dos paredes. Quería que ese momento fuera un punto climático, con imágenes contrapuestas de Goya, Munch y Jackson Pollock. El frontón de Tijuana serviría para la filmación pero al mismo tiempo quería incluir algunas imágenes del frontón original donde ocurrieron los hechos y al que su padre se refería en su escrito. Una escena de horror que se sobrepusiera a la quietud del lugar.

Nadia bajó de la grada y, sin decir nada, avanzó hacia la pared delantera del frontón. Sus pantalones finos de lino y su blusa blanca eran una mancha refulgente de luz contra el trasfondo verde de la pared. *El estanque de nenúfares violeta* de Monet. No se hablaron, pero los dos sabían que estaban comunicando entre ellos con un lenguaje más poderoso que las palabras. Esa sería una de las escenas centrales de la película. La cámara seguía a Nadia de espaldas, caminando, grácil y etérea, sobre sus zapatillas azules, de puntillas, ajustándose a los pasos de un ballet que mantenía boquiabiertos a los espectadores de las gradas que habían dejado de aullar y gritar ¡muerte!, ¡muerte! y contemplaban transfigurados aquella danza inmemorial en la que una diosa compasiva, descendida de su palacio del Olimpo, había elegido participar para borrar las injusticias de los hombres. En la pequeña pantalla de la cámara de Mike, quedaba encuadrada la figura de Nadia que se iba aproximando al punto fatídico, la imagen primordial e irrenunciable de la que no había escapatoria posible. El público seguía absorto los movimientos de aquella Venus perfecta, transfigurados todos, por encima del odio y, más allá de todos los enfrentamientos, los gritos, la sangre y las aberraciones de la historia.

Con el *zoom* el perfil de Nadia quedaba próximo, ocupaba toda la pantalla, pero dejó que su figura se alejara de nuevo, quería que todo su cuerpo quedara incluido en la escena. Al llegar a la pared, Nadia se dio la vuelta en un gesto súbito, el sol caía implacable sobre ella, las culpas de toda la humanidad concentradas sobre su cuerpo esbelto de bailarina. Aplastó los brazos contra la pared, las manos abiertas, las uñas aferrándose a la franja de hierro blanca de la línea de tantos, girando el rostro hacia un lado mientras se oía el estruendo de los disparos y las balas se incrustaban en su cuerpo, una tras otra, empapando su blusa de sangre, y la multitud ululaba y lanzaba vítores de muerte y satisfacción a la vista del cuerpo de Nadia que se doblegaba sobre el suelo inerte y sin vida.

–Magnífica, has estado extraordinaria, genial –exclamó, entusiasmado Mike–. Este va a ser uno de los momentos cumbre de la película. Tu entrada en la pista del frontón, que no se me había ocurrido a mí, añade dramatismo a la escena y la vamos a asociar con episodios de la vida de Miguel y los acontecimientos del pueblo.

Se aproximó a ella filmando con la cámara en un *zoom* constante, concentrándose en su cuerpo que seguía yacente en el suelo, acercándose lentamente, enfocando sus piernas dobladas, el torso, y finalmente su rostro desencajado, en un rictus de dolor y muerte. La imagen queda congelada en ese rostro inmóvil junto a la pared del frontón, con los ojos cerrados, bajo el sol, la frente desencajada, la boca abierta. La cámara se aproxima más y más, hasta quedar a unos escasos centímetros del rostro de Nadia muerta, que ocupa ahora la lente por completo. *¡Cut!*

El ayuntamiento seguía cerrado y no pudieron conseguir los datos que buscaban. Mike había emprendido aquel viaje con la esperanza de encontrarse con un pasado prohibido y sólo vagamente entrevisto durante muchos años. Aquel pueblo, bello y hermético a la vez, ya no podía ofrecerle nada más. *On the road.* Por un camino que subía por entre las casas, llegaron a un cerro desde donde se dominaba todo el pueblo. Había que despedirse. Con la cámara volvió a recorrer la vastedad del valle, el río, los álamos, los campos, los lugares familiares para Miguel y donde él ubicaba invariablemente los cuentos de lobos, zorros y perros pastores que le habían nutrido su imaginación en la infancia. Había recogido todo el material que necesitaba para su película. Conservaba algunas voces de la historia colectiva en donde su padre quedaba incluido sólo de manera tentativa y huidiza. Pronto los últimos vestigios de su paso por aquel lugar serían definitivamente exterminados por la mano implacable de Kronos. No quedaría siquiera su nombre. Extinción absoluta. La injusticia imperecedera del tiempo. El dios devorador estaba destinado a triunfar, pero no sin su oposición. En última instancia, el arte era para él precisamente eso: una lucha contra el predominio del tiempo, un empeño en establecer la memoria en contra de todas las circunstancias, un rechazo a la banalidad de una época en la que le había tocado vivir y de la que no tenía escapatoria. *Out of his time.* Su tiempo era otro, el tiempo de las grandes aventuras, un tiempo privilegiado como el de Miguel. Sí, eso era el cine para él: un gigantesco combate contra todo y contra todos para afirmar la presencia de los hombres por encima de la disolución de la muerte.

Bajaron por el sendero que bordeaba la vertiente del cerro.

Caminaban uno junto al otro sin decir palabra. Nadia se sabía cerca-
na a él como nunca se había sentido junto a ningún otro hombre.
Ser actriz era un oficio incierto. Había conocido a otros hombres del
cine y del teatro de los que se había apasionado para desilusionarse
rápidamente al advertir la disonancia entre su imagen brillante y la
realidad. Mike era distinto. Con él haría la película sobre un tiempo
que no era el suyo y sería la amante perfecta de su padre entregán-
dose al héroe de un siglo agonizante que Mike quería resucitar.

Ya de noche, llegaron a la ciudad en autobús. En el hotel visionaron
las secuencias que habían filmado en el pueblo. Se detuvieron en
particular en las que habían grabado en el frontón y Mike volvió a
entusiasmarse con ellas.

    –Serás la mujer perfecta de Miguel –le dijo, mientras bajaban
las escaleras del hotel e irrumpían en la avenida principal de la ciudad en la noche cálidamente acogedora–. No quiero a otra actriz
para este papel más que a ti. Ahora que conoces el lugar donde mi
padre nació, tienes más elementos necesarios para ello.

    La avenida estaba llena de gente paseando su apacible displi-
cencia provinciana en la noche de un sábado veraniego. La mente de
Mike era una cámara permanente que filmaba todo lo que veía. Su
padre habría paseado por aquella avenida cuando todavía la atravesaba la vía del ferrocarril. Se habría sentado en alguna de aquellas
terrazas y habría tomado café en la cafetería *Los leones* cuyo nombre
él le había mencionado. Miguel había mantenido en el destierro una
relación de ambivalencia con aquella tierra originaria. En Los Angeles, le hablaba a veces de ella con el calor y la pasión de la nostalgia,
pero otras veces emergía en él el resentimiento hacia todo lo que
aquel medio hostil le había deparado. Captaría todo ello en su película porque en realidad esa película era no sólo de su padre sino de
todos sus coétanos. Miguel los había censurado amargamente por
haber llevado al país al desastre y la ruina, pero, luego, su propio
tiempo le había parecido banal y superficial, carente de la grandeza y
heroísmo de su padre y de los que fueron como él. Esa era la motiva-

ción de la película. Un redescubrimiento del heroísmo en una época en la que el heroísmo había dejado de tener valor.

–Como Malraux –añadió Mike, con entusiasmo–, ese hombre genial, cuya foto de aviador durante la guerra, con el cigarrillo en los labios, me sigue fascinando. Nunca he dejado de admirarlo a pesar de que luego cambió y se hizo conservador y elitista. Pero a nuestra época le falta esa dimensión y eso es lo que va a estar en mi película con Miguel y los demás de su generación.

Mike sabía que había una disparidad abismal entre su visión y el fragor de la calle que le rodeaba en ese momento. Aquellos hombres y mujeres que se cruzaban con ellos no tenían ninguna conexión con él ni con su proyecto. Ignoraban la generosidad utópica de Miguel y los de su generación que él obstinadamente pretendía hacer revivir para evitar el olvido de la historia.

Abrazado a Nadia, avanzaba contra las luces y la agitación nocturna de la avenida de una ciudad de la que Miguel le había hablado a veces y que él había configurado en su imaginación sin saber nunca si su creación se correspondía a la realidad. Ahora estaba, por fin, frente a los datos objetivos. Miguel le describía una ciudad sin tráfico, de calles limpias y monótonas, con mujeres que paseaban cogidas del brazo y hombres que las miraban codiciosos bajo los portalones de la Calle Mayor sin poder encontrarse nunca de verdad, ciudad de sospecha y, decía Miguel, de represión y miedo, ciudad de la que había decidido huir y donde Miguel había concebido sus primerizos deseos de transformar el mundo. Los amigos de Mike le decían que era absurdo dedicarse a temas e ideas pasados, una película en torno a un anarquista fracasado, muerto en el olvido del exilio –arguían– no tiene la menor oportunidad de salir adelante en el mercado, lo que priva ahora es la gratificación inmediata, lo instantáneo, los efectos espectaculares, la *high tech* a todo color, y él se concentraba en imágenes en blanco y negro, sin efectos especiales, un mundo que ya no interesaba a los jóvenes, que vivían *online*, la épica, Brecht, Griffith, John Ford, era para los viejos.

Llegaron a la Plaza Mayor que presidía la estatua ecuestre de un

General ilustre sobre un pedestal en el centro de una fuente iluminada. En la glorieta, una orquesta entonaba un vals vienés. Con
Nadia a su lado, en la ciudad del miedo transfigurada ahora en la ciudad de la memoria y la reescritura del tiempo.

–¡Cómo cambian las cosas! –le dijo Mike a Nadia frente a la glorieta –. En este lugar, ahora tan festivo, se produjeron numerosas
atrocidades. Aquí se ultrajó, ofendió y atacó con impunidad. El
horror de todo un siglo, que mi padre, a medida que vivió más fuera
del país, fue percibiendo como el horror no sólo de su país sino de
todo el mundo. El me decía que los españoles siempre pensaban que
sus desgracias eran incomparables, las peores de la tierra, y que su
país había sido señalado por un destino aciago que los condenaba a
todos a la miseria. Luego, él fue dándose cuenta de que en realidad
había muchos pueblos más desafortunados todavía que el español y
que el destino de un país va unido al de los otros, que todos estamos
involucrados en una misma empresa y sufrimos las consecuencias de
los actos de los demás. El destino de un siglo es el destino de todos.

Se sentaron en un banco enfrente de la fuente. Hora familiar.
Parejas con niños, cochecitos, perros, hablando displicentes. *La nau-
sea.* Un mundo muy distinto del que él quería captar en su película.
Sartre. Lo suyo era una superimposición a una realidad obstinada y
reacia a su proyecto. Pero eso era el arte, así se lo había enseñado su
padre, una resistencia a las apariencias, un desenmascaramiento de
lo evidente. Y su película resistiría a la presión del medio. Se opon-
dría a todos por establecer una verdad. Aunque sólo parcialmente, la
memoria de su padre prevalecería, aunque sólo de manera efímera.

–Estoy muy contento de que estés conmigo –le confesó a
Nadia–. Y sabes que te quiero. Como hace tiempo que no quería a
nadie. Eres la mejor actriz con la que he trabajado nunca. No sé si lo
nuestro pone en peligro lo profesional y tu trabajo se vea perjudica-
do por nuestra relación, pero no me importa, vamos a seguir, he
abandonado demasiadas cosas ya por mi trabajo. Y no quiero hacer
mi viaje solo, ni quiero trabajar solo, quiero que me acompañes en
todo lo que tengo que hacer.

Siguieron caminando abrazados en la noche por aquella ciudad en la que no conocían a nadie. Extraños absolutos. Abandonaron la plaza y bajaron por los soportales del barrio viejo hasta llegar al puente de hierro del río que atravesaba la ciudad. Cuando vivían en Nueva York, su padre le hablaba de aquella ciudad mágica para él y ahora él la percibía de manera más precisa y real sin la pátina enaltecedora y benevolente de la nostalgia. Aquella era una ciudad de provincias, apacible, burguesa, sin ninguno de los rasgos heroicos y trágicos que su padre le había conferido. *Tristana*. El destino de los que vivían en el destierro. Confundir sus sueños con la realidad. Pero de nuevo su operación de transfiguración sería más poderosa que la recalcitrante objetividad de los datos tangibles. La ciudad de la película sería la que de verdad contaría y no la de la realidad cotidiana y mediocre. El arte predominaría por una vez sobre los hechos en bruto.

De regreso al hotel, Mike repasó con Nadia una vez más los datos de *En blanco y negro*. "No debe ser un homenaje ni una apología, sólo un testimonio y tu papel será doble, como el personaje de Daniela, la novia de Miguel en Barcelona antes de marchar y como el doble transfigurado de Peggy en Hollywood. Un papel complejo que estoy seguro harás maravillosamente".

El calor denso entraba por la ventana abierta de la habitación y hacía que sus cuerpos sudorosos se sintieran unidos como si se pertenecieran desde el principio del tiempo. Nadia, la actriz, y Mike, el cineasta, ambos neófitos y ambos dispuestos a superar los obstáculos para obtener la afirmación de sí mismos a través de un otro excepcional al que tanto ella como él iban a entregarse incondicionalmente, como la única opción que tenían para redimirse a sí mismos. Nadia y Mike, ciudadanos de un mundo extraño y diferente, en un país y una ciudad que no eran los suyos y adonde habían ido a descubrir las raíces de sí mismos, la justificación de su destino personal. "Tú y yo, Nadia, estamos entre los vestigios finales de un mundo que se extingue. El mundo de las últimas causas, de los que creemos que las ideas tienen valor, que cuentan, que los hombres deben creer en sus principios y deben dedicar la vida a ellos. Y nuestra época ha perdido ya la conexión con todo eso. La frivolidad y lo fácil prevalecen por encima de todo. Miguel no era así. Y sus compañeros tampoco lo eran, tenían ideales, muchos murieron por ellos. No es que haga falta tener que morir para probar la dedicación a lo que se dice. No pido el martirio ni el sacrificio de la vida. Pero sí hace falta que actuemos de acuerdo con los principios propios y no sólo según la comodidad frívola del momento".

Nadia le escuchaba a su lado por encima de los rumores de la noche de aquella ciudad fellinesca, ciudad de la represión, la asfixia, el prostíbulo y la masturbación, cuya naturaleza interna Mike no comprendería nunca del todo y significaría uno de los retos para integrarla en su película. Rumor de los últimos coches, *Amarcord,* de los últimos embriagados de la noche, *Il conformista,* en la *Calle Mayor* de la noche de un sábado de fiesta.

Por la mañana salieron en autobús hacia Barcelona. En la estación, revisaron las notas en torno a Miguel. "No es mucho, pero a partir de aquí podremos reconstruir su mundo. Un contexto en el que integrarle a él y a su generación. La paradoja de su grandeza es que Miguel triunfa precisamente al perder, al tener que desterrarse, marchar para preservar la vida y verse obligado a crear un mundo a partir de la nada".

Desde la ventanilla del autobús, contemplaron las calles vacías de aquella ciudad sin nombre, que en su película Mike mantendría deliberadamente en el anonimato, *any city,* término medio, un locus suprarreal en el que situar el origen de una figura excepcional.

Ya lejos de la ciudad, viendo los campos áridos y semidesérticos en la trayectoria del autobús, Nadia le dijo que entendía por qué aquel país había tenido una historia turbulenta, "el suelo es escaso y no da para muchos como en América y hay que enfrentarse a los demás para arrancar un pedazo para uno mismo". Desde la perspectiva del medio del que ella procedía, comprendía ahora mejor el desgarro de aquel país dominado por la pasión y la violencia al servicio de una causa. Para Nadia, España y los españoles eran una tierra y una gente para los que el *happy medium* no tenía sentido. Todo o nada. Había venido con Mike para encontrarse con aquel país soñado, sólo entrevisto y, mientras el autobús viajaba silenciosamente por la autopista, pensaba que lo que había visto era una corroboración parcial de sus ideas previas al viaje. En Los Angeles, los dos pensaban que aquel viaje sería decisivo para la película. Ahora se daban cuenta de la distancia que mediaba entre lo soñado y lo real, una distancia que la película debía resolver.

Nadia, medio dormida, pensaba que le gustaba Mike porque procedía de un medio que ella desconocía y que rompía con los datos de la historia que le era familiar. Miguel la abría directamente al viejo mundo, lo diferente, los sentimientos ancestrales. La pasión que ella no había conocido en su mundo aterciopelado y cómodo de California que sus padres, emigrantes rumanos, le habían confeccionado con esmero. Le estrechaba la mano y, aún sin hablar, se sabía próxima a él, no sólo físicamente sino sobre todo a partir de la vinculación personal que había establecido con él. Sentía fatiga y desaliento cuando pensaba en las relaciones que había tenido en el pasado y que no significaban ahora más que un vacío en el que no cabían más que retazos de nada. Se iba a aferrar a Mike hasta el final del tiempo o, por lo menos, ella lo percibía así, hasta que no hubiera ninguna opción más para los dos. *With you forever, my love, I promise* –le susurraba al oído en el silencio artificial del autobús–. No había sido afortunada con las relaciones apasionadas en el pasado y su experiencia le indicaba que la pasión no era el medio más apropiado para la continuación del amor, pero con Mike iba a persistir hasta las últimas consecuencias.

En Barcelona esperaban verse con los amigos de Miguel si estaban vivos todavía. Ellos debían aportarles más datos en torno a su padre. Mike planeaba filmar en el barrio en el que su padre había vivido jornadas tensas antes de su partida. Miguel había recorrido una parte amplia del espectro ideológico de una época en la que el torbellino de las ideas había arrastrado a todos los que se ponían a su paso. Quería conocer de primera mano lo mismo que su padre había conocido y de lo que le había hablado durante toda la vida. Venía de lejos, de un país que no tenía conexiones aparentes con aquél, dispuesto a recordar a los otros aquello que no les apetecía demasiado recordar, que se negaban a saber porque era duro y rompía la armonía de unas vidas absorbidas por la prosperidad y la paz.

El autobús se detuvo en un páramo en una salida de la autopista. En el horizonte se perfilaba un atardecer rojizo y seco. Mientras los demás pasajeros del autobús se dirigían a la cafetería, Mike y Nadia pasearon hasta un pequeño promontorio desde el que se divisaba una planicie deshabitada y al fondo un poblado solitario.

–Veo a Miguel por estas tierras –dijo Mike, señalando en la distancia con la mano–. Aunque ahora tal vez ya no reconocería nada de todo esto.

Con la Canon fotografió el panorama. Miguel y sus compañeros habían recorrido aquellos parajes, gente de otros países que hablaban lenguas distintas, venidos a sacrificarse por los demás en una causa desmesurada y en la que él hubiera deseado participar. En Barcelona, tenía que investigar datos, hablar con viejos amigos de Miguel, conocer a su novia, Daniela, que se quedó en Barcelona mientras él marchaba al exilio. Su padre le había dicho que Daniela vivía en un viejo piso del Poble Sec, cerca del Paralelo, y pensaba que podría encontrarla allí. Quería averiguar la trayectoria de su padre en los años treinta, ver cómo un hombre joven venido de un pueblo de unas pocas casas había evolucionado hacia una visión radical del mundo y luego había sido capaz de crearse una nueva vida en América, hallar un trabajo como traductor y guionista en los estudios de Hollywood, tener un hijo, abrirse a una realidad nueva y diferente, renunciar a sus orígenes, reencontrarlos después, transmitírselos a él, hacerle entender sus opciones, captar así el contenido dramático de su existencia y contrastarlo con la mediocridad que percibía a su alrededor, la mediocridad que era su propia vida, o lo había sido hasta el momento en que había decidido emprender el proyecto de la reconstrucción de la vida de Miguel o, mejor dicho, la recreación de esa vida a partir de su propia visión de ella, porque no sabía

dónde empezaban los hechos objetivos y empezaba su propia recon-
figuración de ellos.

Cuando el autobús llegó a las afueras de Barcelona, Mike le dijo
a Nadia que se sentía conmovido por la llegada a esa ciudad en la
que su padre había pasado una época determinante de su vida y en
donde había conocido a Frank, el joven judío de Chicago que luego
le había ayudado en California y con el que pensaban reunirse en
Ginebra, después de la estancia en Barcelona.

La entrada por la Diagonal le ofreció una ciudad brillante, iluminada y moderna, que sorprendió a Mike pues no la reconoció
como la que él buscaba. Aquellas avenidas, luces y gentes eran como
las de Los Angeles o Chicago. Aquella no era su ciudad. La única ciudad que él quería ver era la heroica y turbulenta que su padre había
conocido y vivido. Los edificios de cristal reluciente, los automóviles,
los escaparates lujosos, los transeúntes de porte elegante no se
correspondían con lo que su padre había vivido ni aparecían en su
manuscrito. Esa realidad era para Mike aparencial y falsa. Su película
presentaría su versión de la ciudad, la Barcelona de Miguel según su
propio relato. Lo contrario le parecía una traición. Para él lo que sus
ojos estaban presenciando era tan sólo una cobertura artificial que
estaba decidido a corregir.

Nadia miraba, ensimismada, desde la ventanilla del autobús, la
ciudad que se abría a sus ojos. Todo era rutilante y fascinador. Aquel
era su primer viaje a Europa, su única salida del país. Sus padres
habían huido de la represión y pobreza de Rumanía y se habían instalado en Chicago donde ella había nacido y luego se habían trasladado a la costa oeste atraídos por el sol y las promesas de California.
Pero, a diferencia del padre de Mike, que había mantenido una
conexión psicológica y emotiva con las raíces de origen, sus padres
habían renunciado al país de nacimiento al que despreciaban abier-
tamente y del que no hablaban más que para negarlo de manera
absoluta. Ni siquiera hablaban rumano entre ellos y ella no había
aprendido ni una palabra de esa lengua. *Rumania stinks*, huele mal,
hiede, resumía Nadia, cuando le refería la relación de su familia con

su país de origen. Para Mike, España era una visión idealizada y bella que adoraba absolutamente. Para ella, Rumania era sólo una ficción vaporosa y remota de la que, a lo más, había visto alguna foto en la sección de viajes del periódico. Para Mike, esa España era una realidad incuestionable y directa que se había convertido en el núcleo vital e intelectual de su vida. Desde hacía meses, Mike vivía sólo para España y para su padre ubicado dentro del segmento áureo de tiempo que él consideraba el momento en que él hubiera debido vivir y por el que sentía un nostalgia irremediable. Nadia pensaba a veces que, en realidad, Mike estaba con ella porque ella se ajustaba a los imperativos de su película y se había incorporado a su visión de manera incuestionada e incondicional.

El autobús les había dejado en la estación de Sans y de allí se encaminaron al hotel donde tenían reservado alojamiento. Iban a permanecer pocos días en Barcelona, lo justo para filmar unas tomas con Nadia, recoger documentación y entrevistarse con la antigua novia de su padre y algún amigo suyo. Desde que lo había conocido en una producción de Ibsen en un pequeño teatro de Hollywood, Mike le había parecido a Nadia un hombre reflexivo, intenso pero comedido, sin darse a la manifestación de las emociones. Ahora lo veía emocionado como no lo había visto nunca antes. "Por fin –exclamaba con júbilo– estoy aquí. Para Miguel, ésta era una ciudad especial, excepcional, en la que decía se había hecho hombre integral y había presenciado en acción el poder de las ideas. Lo que había llevado gestándose dentro de él alcanzó aquí materialización final. Pero hay más todavía. Las ideas que había intuido antes sobre una humanidad diferente se manifestaron aquí en todas sus posibilidades. Aquí conoció el sindicalismo, vio a los líderes anarquistas, a Durruti, a Federica Montseny. Todo esto tiene que estar en mi película. Y tú vas a ser la mujer que él conoce aquí y que luego, y esto es diferente de la realidad, él va a llevar a América y vivir con él una vida insólita, lejos del país pero realizándose de otra manera y dándome origen a mí. Por eso, era esencial que tú vinieras a esta ciudad y conocieras el lugar donde Miguel vivió".

El hotel quedaba en el sector viejo de la ciudad, cerca del Raval, entre la Ronda de Sant Antoni y la Rambla. Había elegido ese lugar porque era la zona en que su padre había vivido por más tiempo en su vida itinerante por la ciudad. Desde el primer momento, para Nadia era obvio que la ciudad no se correspondía con la imagen de ella que Mike le había presentado durante meses. En lugar de una ciudad enfervorizada y caótica, repleta de militantes idealistas dispuestos a transformar el mundo, ella percibía una ciudad como otras, con mucho ruido y ajetreo de tráfico, pero carente de la naturaleza grandiosa y excepcional que ella tenía en su mente.

Antes de llamar a Daniela, se pasearon por horas por los barrios próximos al puerto mientras Mike filmaba con la cámara de vídeo. La parte alta de la ciudad no le interesaba a Mike. Su padre había vivido de Plaza Catalunya hacia abajo y ésa era la parte que él quería explorar. Las calles angostas contiguas a las Ramblas ya no eran el lugar donde vivían los grupos trabajadores de la ciudad y donde estaban los locales de las agrupaciones sindicalistas. Ahora estaban habitadas por inmigrantes de múltiples países que hablaban en árabe, hindi o tagalo y vestían de modo distinto del que su padre había conocido en su época. En realidad, aquélla era para él una ciudad imprevista y desconocida pero estaba convencido de que, a pesar de todo, podría hallar la ubicación necesaria para las tomas de su película.

Hiroshima, mon amour. Se paseaban los dos cogidos de la mano como dos adolescentes, como Miguel le decía que se paseaba con Daniela por las calles de la ciudad enfebrecida por el impulso revolucionario. El amor a partir del horror. En la calle del Carme, cerca del patio de la biblioteca de Catalunya, vio la dirección del local de la asociación sindicalista en la que Miguel había militado. Su padre se había paseado por aquella misma calle, que no había cambiado mucho de aspecto de las fotos en blanco y negro que él había visto: edificios de fachadas viejas y agrietadas, ropa tendida en los balcones, macetas con geranios rojos y blancos. Oía los gritos de los grupos populares, los hombres con el puño en alto, la sonrisa en los labios, las armas en la mano, un siglo de gestación de la revuelta popular había llegado a su maduración en ese momento. Para Mike la historia se había detenido allí. De la mano de Nadia, veía la ciudad no como era en el presente sino como su padre se la había descrito en el pasado –los relatos, las fotos, los recortes de periódico– y esa era la única ciudad que existía. La otra, la que estaba ante sus ojos carecía de consistencia. Vivía en los años treinta, ése era su medio y la actualidad y la inmediatez del presente no le interesaban. Había venido a encontrarse con un mundo muy concreto. Nadia le recordaba que la ciudad que estaban viendo difería por completo de la que él le había descrito y, mientras recorrían las Ramblas hacia el puerto, insistía en que ella veía una ciudad nada revolucionaria, como otras, llena de turistas sin ninguna ambición transcendental.

–No me interesa esa ciudad que tú me cuentas –replicaba Mike–. Hemos venido a hacer la película de una ciudad en un tiempo pasado que reconozco tengo idealizado, que incluso tal vez sea sólo una ficción, pero que para mí representa el momento más determinante de mi tiempo y del tiempo de mi padre. Y eso es lo que he venido a ver aquí. La ciudad de Miguel. El cine depende de la tecnología de hoy, vive de lo último pero al mismo tiempo tiene la fuerza de recuperar el pasado como ningún otro medio. Vivimos como huérfanos y desposeídos en nuestra época, una época centrada egoístamente en sí misma, que no es capaz de entregarse a nada a través de lo que el individuo se supere a sí mismo. Mi padre murió lejos de su tierra y los suyos, pero no lo vi nunca decepcionado. Aquí, en esta ciudad, en estas calles, preparó un proyecto de vida que no era para él sino para los demás. Lo suyo no era realista, quizás fuera una locura, pero una locura extraordinaria que ha trascendido hasta mí. Estoy en desacuerdo con mi tiempo. Por eso, yo no veo en esta ciudad lo que tú ves y lo que unos ojos desinteresados y neutrales seguro que ven. Mi padre murió desterrado, pero no murió en el despecho sino que rehizo su vida, empezó varias veces desde la nada, porque el destierro conlleva empezar a partir de cero, una y otra vez, pero nunca perdió la lucidez y la fidelidad a unos cuantos principios suyos.

Nadia concordaba con Mike más allá de los hechos y las palabras. Para ella, la ciudad eran sus calles. Se quedaba extasiada en las calles angostas y con escasa luz de la Ciutat Vella, contemplaba, embelesada, los pequeños balcones de hierro forjado con flores, jaulas de pájaros, persianas y postigos de color verde. Era la primera vez que había salido de la luminosidad y la belleza cegadoras de California, las playas inmensas y exuberantes de Newport, San Clemente y La Jolla y los tonos grises, los olores, las sombras, el desorden y la suciedad le parecían un maravilloso contraste que la fascinaba.

Mike le señalaba los puntos definidos por la historia personal de Miguel, los que quedarían incluidos en la película, edificios, plazas, rincones, modestos y anónimos, solitarios y bellos al trasluz del sol que los tocaba tímidamente, nombres de calles que él le recitaba como un encantamiento, absorto ante una letanía sagrada, Riera Alta, la Riereta, carrer del Carme, carrer Hospital, la iglesia de Belén en la que Mike veía los cadáveres de los frailes exhumados durante la guerra, imágenes que estaban grabadas en su mente, uniéndolo al pasado oscuro de Miguel, intuido, referido sólo implícitamente en su manuscrito, el secreto no confesado de su padre y que él trataría de develar en Ginebra con la visita a Frank en la última parte de su viaje.

Daniela vivía en una calle en la falda de Montjuic. Mike no estaba seguro de encontrarla todavía con vida o si ella estaría en condiciones de verse con él. Los testigos de la vida de Miguel eran cada vez menos y el tiempo apremiaba sobre ellos y sobre él y su proyecto. Subiendo por el Paralelo, entraron en la calle Blai, donde Miguel había vivido a su llegada a Barcelona. El Poble Sec, su padre le había recordado, era un lugar primordial que contenía la clave de su vida. "Me enamoré del lugar nada más llegar a él. No porque fuera bello o cómodo sino porque tenía vida y porque todo el barrio era como una familia en la que todo el mundo se conocía y ayudaba. Las ideas y las personas vivían allí con fuerza. Y ése es el lugar que determinó lo que yo iba a hacer después porque, en realidad, no hacemos más que repetir lo que intentamos hacer cuando empezamos a vivir de niños y jóvenes. Nunca escapamos de verdad de ese programa inicial, no lo

hacemos por más que creamos que podemos alejarnos de él y supe-
rarlo" –habían sido sus palabras, que Mike no había olvidado.

El Poble Sec. El barrio era muy distinto de cómo Mike lo había
visualizado en su estudio de trabajo de California. Su padre le había
hablado del ambiente obrero y artesano de las calles que partían del
Paralelo y ascendían a la falda de Montjuic. Mike venía con las imágenes de un ambiente de combate y enfrentamiento, la lucha peren-
ne a que su padre se refería citando a sus mesías incuestionados de
esos años, Blasco Ibáñez, Zola, Bakunin. En lugar de ello, se encontraba con una situación completamente diferente de la que él había
visualizado. La calle Blai había perdido las tiendas y colmados tradi-
cionales de los que le había hablado su padre. Buscó la carbonería
que estaba en los bajos del edificio donde había vivido Miguel y en su
lugar había un locutorio y una tienda de productos pakistaníes. La
taberna había sido sustituida por un restaurante de *fast food*, con falá-
fel, pan de pita y un huso giratorio para carne asada. Oía lenguas
muy alejadas del catalán y el castellano. Mujeres y hombres de tez
oscura y vestimenta oriental se paseaban displicentemente por aquella calle. El viejo local de la CNT, que luego había pasado a ser un
centro de la Falange, y más tarde había sido ocupado por un grupo
regional, se había transformado primero en un templo de Testigos
de Jehová y luego en un centro islámico.

Siguieron por Margarit arriba, transponiendo a lo que la realidad visual le ofrecía las imágenes que permanecían vívidamente en
su mente a partir de los relatos de su padre. Con Nadia en el centro
del foco de la cámara, filmó la calle rectilínea en la que su padre
había vivido jornadas que finalmente acabaron con el arresto que le
llevó al campo de concentración de Horta y luego la cárcel. De regreso a California, él sobrepondría sobre aquellas tomas la agitación, el
bullicio, los gritos del pasado.

La plaza donde vivía Daniela parecía poco afectada por los cambios. La fuente de cuatro caños en el centro, las acacias y plátanos
alrededor de la fuente, la ropa en los balcones, los niños jugando a
fútbol en la acera: todo ello no era muy distinto de lo que Miguel

había visto. Mike filmó desde abajo la fachada del edificio que relucía bajo el sol del atardecer. En torno a ellos se juntó un grupo de niños que los miraba fascinados por el equipo de filmación y su aspecto extranjero.

Daniela vivía en uno de los pisos superiores del edificio y subiendo por la escalera olía a especias y olores fuertes y algunas de las puertas abiertas de los pisos mostraban grupos de pakistaníes e indios que hablaban en lenguas guturales que él no entendía. Llamaron varias veces a la puerta hasta que Daniela les abrió diciéndoles que se había acostumbrado a no abrir nunca si no estaba segura de quién llamaba.

El piso de Daniela era pequeño pero íntimo y cálido y estaba repleto de mementos. Pósters, insignias, banderas de la República y la CNT, recortes de periódico amarillentos, fotos de Durruti, Largo Caballero, Negrín, Leon Blum. En un ángulo una foto borrosa de Miguel de muy joven.

Daniela era una mujer mayor pero de aspecto todavía saludable, como de una persona que ha tenido gran destreza en superar los numerosos obstáculos que le ha presentado una trayectoria de vida difícil y dura. Les hizo pasar hacia la pequeña sala y Mike y Nadia se sentaron en el sofá mientras Daniela, moviéndose con lentitud apoyada en un bastón, les trajo unos álbumes de fotos.

–Mi vida se detuvo en el 39 –les dijo iniciando su relato con la respuesta a las preguntas introductorias de Mike–. Cuando se marchó Miguel, yo me dije que a lo más iba a sobrevivir pero vivir, vivir no iba a vivir más. Nunca se lo dije, pero con su marcha algo se resquebrajó internamente en mí y ya nunca más fui la misma. Me pasaba los días llorando ahí mismo en esa silla. Quise a Miguel como no he querido a ningún otro hombre. Él también me quería a mí, de eso estoy segura, pero su destino fue distinto del mío. Si se hubiera quedado aquí, estoy segura de que hubiéramos vivido siempre juntos aquí en este mismo piso del Poble Sec que él adoraba. Ahora ya no hay tiempo para cambiar nada. Soy un objeto de anticuario, casi todos mis amigos se han muerto y los otros ya casi ni pueden moverse. Sé que no tengo ningún valor para los jóvenes y la gente de hoy. Una pieza de museo, eso es lo que soy. Nosotros, los de la época de la guerra ya no tenemos nada que decir a los jóvenes. Hoy todo es el internet y la televisión y la música pop. A nadie le gusta ya oír hablar de guerras y sufrimientos. Mi padre vino a España a luchar por la salvación del mundo y me trajo a mí a y su compañera cuando ni siquiera había cumplido los veinte años con la convicción de que aquí iba a decidirse el destino del mundo. En ese momento, él podía sentirse en el centro del mundo, sabía que la historia estaba con él y que el tiempo le daría la razón. No ha sido así. Perdimos la guerra de España, luego vencimos al nazismo, pero la revolución tal como nosotros la concebíamos no se ha realizado. Por eso, me alegro mucho de que hayáis venido a verme. Es como si pudiera creer de nuevo. Tu padre sí que tenía confianza en el futuro. Vivió aquí, en esta misma calle con la confianza de que íbamos a vencer. Estuvo en el frente, por entrega y dedicación personal y absoluta, con el mayor desinterés. Luego le ocurrió lo de tantos otros, Francia, México y finalmente América. Sé que le fue bastante bien, tuvo que defenderse como tantos otros para sobrevivir, pero yo sé que tu padre no dejó nunca de ser el mismo. Hizo compromisos, pero permaneció fiel a sí mismo y eso siempre lo admiré en él. No nos comunicamos por mucho tiempo pero no importaba, yo sabía que, a pesar de la distancia, Miguel y yo siempre nos entenderíamos y tendríamos cosas esenciales que compartir en común.

Instalada sobre el trípode, la cámara grababa silenciosamente la conversación. Nadia, de pie detrás de la cámara, seguía las palabras y los gestos de aquella mujer a la que ella tenía que hacer revivir en la película. Ella sería Daniela muchos años antes y procuraba superar la apariencia de aquella figura con arrugas profundas y cabello completamente blanco, ya en la última fase de su vida, y ver, a través de aquella apariencia, a la mujer febril que se paseaba por las calles de aquel barrio en donde ella estaba proclamando un mundo que intuía como privilegiado pero del que toda la información que tenía era indirecta. Un tiempo y un entorno humano totalmente ajenos a ella que se le abría, de la mano de Mike y ahora Daniela, como un vasto campo que explorar más allá de la previsibilidad de su vida en el *Midwest* y California en donde había permanecido tranquilamente a cubierto de todas las vicisitudes que aquella anciana le ofrecía. Su papel era penetrar en aquel ser extraño del que la separaba absolutamente todo y con el que en principio no tenía ningún punto de contacto para hacerlo vivir en la pantalla. Se convertiría en aquella mujer, adoptando su personalidad, sus emociones e ideas, se adentraría en la ciudad caótica del pasado que había sido la suya y, en esa adopción de un yo nuevo, colmaría en parte las insuficiencias de su vida apacible pero sin vitalidad y fuerza.

–Miguel y yo nos conocimos en una reunión sindical –prosiguió Daniela–. Yo había llegado hacía poco de Francia, era muy joven e inexperta y no quería estar sola. Quería vivir experiencias diferentes, meterme en política y ser aceptada por los que yo creía eran la nueva voz del mundo. Miguel no era mayor que yo, pero a mí se me aparecía como un poseedor de todos los secretos de aquella ciudad para mí extraña en la que quería penetrar porque para mí era el centro del mundo donde iban a ocurrir grandes acontecimientos. Miguel me trataba de igual a igual, me ofreció llevarme a los lugares más interesantes, me descubrió el barrio chino, las tabernas de la Barceloneta. Era muy joven pero para mí poseía toda la sabiduría de un experto en la vida. Me hablaba con pasión de Durruti y Ferrer, Bakunin y Pablo Iglesias y me daba libros sobre ellos que yo leía sin entender apenas nada y luego le preguntaba y él, en lugar de reírse de mí y poner en evidencia mi desconocimiento, me hablaba con deferencia, como si realmente valiera la pena conversar conmigo. Me llevaba Ramblas abajo y llegábamos hasta Colón, siempre cogidos del brazo. Cuando estaba con él, me olvidaba de todo, el mundo alrededor de mí se desvanecía y dejaba de existir, no he sido así de feliz con nadie después, hasta que un día me trajo un clavel rojo y me lo puse en el pelo y supe desde ese día que me había enamorado de él. Nunca se lo dije, pero para mí Miguel era el héroe máximo y en ese momento hubiera hecho todo lo que me hubiera pedido sin condiciones. Luego, él marchó, conocí a otros hombres, incluso viví con alguien pero nunca las cosas fueron como con él. Se merece que hagáis una película para que conozcan los jóvenes de hoy lo que fue vivir en tiempos dramáticos de verdad, cuando las cosas eran más claras que ahora y se podía elegir entre ideas distintas y todavía había esperanza.

Por el balcón entraba la última luz tibia del atardecer. A lo lejos, se divisaba la arboleda espesa de Montjuic con el funicular del Castillo al fondo. Mike pensó que, en aquel piso pequeño y recoleto, su padre había hecho el amor con aquella mujer ahora ya anciana, habían hablado de redimir el mundo, se habían prometido amor eterno, habían renegado contra la injusticia de todo y habían hecho mil proyectos que luego inequívocamente no se habían cumplido. *Murder Kronos.*

Mientras escuchaba a Daniela, Mike sintió una ternura incontenible hacia aquella mujer que ahora podía nutrirse sólo de nostalgia y que, como él, había sacralizado a Miguel convirtiéndolo en una figura excepcional a la que admiraba incondicionalmente. Observó que en el ático del edificio de enfrente había un palomar en el que revoloteaban unas palomas. Mike le mencionó a Daniela que Miguel le había hablado de ese palomar y le había dicho que, desde el balcón, los dos contemplaban a las palomas llegar y salir a horas fijas de acuerdo con las instrucciones del dueño del palomar a quien conocían y con quien hablaban de un lado a otro de la calle.

–Miguel me decía –agregó Daniela con los ojos empañados de lágrimas– que si los hombres fueran como aquellas palomas que tenían la libertad de volar pero siempre volvían al palomar y podían convivir juntas la vida sería mejor para todos. Tu padre era un hombre pacífico a pesar de vivir en una época violenta. No lo parece así ahora, pero esta ciudad era la ciudad de las bombas, el lugar de la revolución, aquí estaban todos los idealistas del mundo en ese momento, anarquistas, trostkistas, revolucionarios que querían cambiarlo todo de manera rápida y expeditiva. Miguel quería el cambio, pero era un hombre demasiado compasivo con los otros como para abogar por su destrucción. Marchó del país desolado de que finalmente hubieran prevalecido la violencia y la fuerza. Antes de marchar, me dijo que una vez más habían triunfado las armas sobre las palabras y la razón. Se marchó con una gran pena de no haber podido conseguir aquello a lo que él había dedicado su juventud. Cuando él marchó, un trozo de mi vida marchó también con él. Y no he vuelto a recuperarlo más. Cuando me enteré de su muerte, se cerró esa parte de mi vida y desde entonces sólo me alimento de la memoria. Miguel fue un héroe de los que ya no existen, una vida excepcional, uno de esos hombres que la historia no celebra, del que todo el mundo se olvida y del que no queda ningún vestigio, pero que en realidad es el núcleo de una época que nos da fortaleza para seguir adelante.

Enfrente de la cámara, ante la devoción que le dedicaban Mike y Nadia, Daniela sintió una energía renovada, siendo consciente de que aquella era la última ocasión en la que podría relatar una vida y testimoniar un pasado que se perdía con Miguel y con ella y que la película del hijo de Miguel tal vez haría perdurar algunos años más. La cámara captaba la voz, los movimientos, el ademán de aquella mujer a la que la cámara recogía en todo el apasionamiento del que sabe que ya no le queda otra oportunidad:

"Tu padre y yo vinimos a vivir aquí cuando éramos muy pobres y no teníamos dinero casi ni para comer. Este piso lo tenían unos compañeros, uno de ellos se había ido al frente y nos lo dejaron para que cuidáramos de él hasta su regreso. En esa época, esto era muy diferente de ahora. Era un barrio de trabajadores, gente que trabajaba en el Born o el puerto. Abajo, donde ahora hay ese locutorio, había una carbonería y delante de casa había una mercería y en la esquina una taberna. No había coches como ahora pero entonces no porque fuera una calle peatonal sino porque nadie tenía coche más que los ricos. Se veían carros y alguna bicicleta. Era un mundo sencillo comparado con el de hoy que a mí ha dejado de interesarme no porque crea que no tenga valor sino porque no lo entiendo. Era un mundo de contrastes más claros, donde lo bueno y lo malo estaban bien demarcados y sabíamos qué elegir. Tu padre y yo vivimos aquí los momentos de dicha más intensa de nuestras vidas. Vivíamos al día, casi a la hora, porque no sabíamos si tendríamos algo que comer para la próxima comida, pero salíamos a la calle y allí te encontrabas con los amigos y te saludaban y te sonreían y podías contar con los demás. A pesar de todas nuestras necesidades y de que no teníamos nada, el mundo era una fiesta entonces para nosotros, como no ha vuelto a serlo nunca. Por eso, he querido vivir siempre aquí y aquí voy a morir. Las imágenes que captéis de este lugar van a ser las últimas de un mundo que sé que no volverá porque tal vez sea mejor que no vuelva pero que al mismo tiempo debe ser recordado como una época dramática y bella. Miguel me decía que habíamos tenido suerte de vivir en aquellos años, que aquello era irrepetible y que, con los grandes nombres de la revolución, Durruti, Stalin, Rosa Luxemburgo íbamos a cambiarlo todo. El estuvo en el frente, se marchó sin decirme nada y volvió herido y, cuando entraron los franquistas, lo llevaron a un campo de concentración y pude sacarlo gracias a la ayuda de un vecino pero ya no volvió a ser él mismo, la decepción se había apoderado de él y sabía que no tenía ninguna posibilidad en este país. Tuvo pequeños trabajos aquí y allá pero aquí no podía salir adelante así que optó por la marcha, me decía, primero me voy yo y luego tú te vienes conmigo, pero nunca vino a buscarme y me quedé aquí y, como todos, tuve que defenderme lo mejor que pude. Pasaron los años y luego me enteré que había tenido un hijo, tú, y había conseguido crearse un mundo en el cine. Espero que tú hayas heredado su modo de ser. No he admirado nunca a nadie tanto como a él".

En el edificio de enfrente, las palomas seguían su agitado revoloteo que Mike captaba con una segunda cámara manual de vídeo mientras la cámara fija seguía la narración de Daniela:

"Durante la guerra, él siempre decía que no quería marcharse del país, seguiría aquí como fuera y confiaba como tantos otros en que la victoria de los aliados significaría a la larga la derrota del franquismo, que los americanos entrarían en Madrid como lo harían en Roma y en París. Pero no fue así. Nos quedamos aquí malviviendo, él encontró un pequeño trabajo en una imprenta y se mantenía apenas de esa manera, nos queríamos, eso nos salvaba, ésta era una ciudad desoladora, para los que no la habéis conocido no podéis imaginaros lo que era vivir aquí. Los bombardeos y los refugios nos habían angustiado a todos, pero luego lo peor era la falta de todo, no había comida ni dinero para nada. Nosotros no usábamos la electricidad más que en ocasiones contadas para ahorrar y lo normal es que nos fuéramos a dormir sin cenar. Miguel me decía que, si me hubiera quedado embarazada, nuestro hijo se hubiera muerto por falta de recursos. Nos paseábamos por el Paralelo abajo hasta el puerto y los edificios que no habían sido derribados por las bombas de la aviación estaban agujereados por la metralla, había gente pidiendo limosna por todas partes, gente joven que había perdido una pierna o un brazo. A Miguel le deprimía todo esto. Luego, una noche vino un camión con gente del centro de la Falange del barrio. Más tarde me enteré de que el vecino de delante, el de las palomas, le había denunciado como rojo y anarquista. Había sido amigo nuestro y habíamos ido juntos a manifestaciones y actos públicos. Luego, para salvarse a sí mismo, denunció a Miguel y así pudo congraciarse con los franquistas. Como con la Inquisición, denunciar era salvar la propia piel, la garantía de que se estaba con el orden. Estábamos ya en la cama, era invierno y hacía frío, dormíamos muy juntos el uno junto al otro porque así nos calentábamos del frío de este piso que, en esa época, no tenía calefacción. Antes de la guerra, el carbonero de abajo nos daba carbón para el brasero pero luego ya no pudo hacerlo más. Llamaron a la puerta y abrí yo. Eran dos hombres con las camisas azules y el yugo y las flechas de la Falange. Yo me quedé horrorizada al verlos, pero no había escapatoria. Lo esposaron y se lo llevaron golpeándole, insultándole y llamándole rojo. Ni siquiera pudo ponerse los zapatos y salió descalzo y en mangas de camisa en el frío de la noche. Me llevó semanas saber adónde lo habían destinado. Finalmente me enteré de que lo habían llevado a un campo de concentración en las afueras de la ciudad. Llegar allí me llevó Dios y ayuda, no había ningún transporte público para desplazarse hasta allí. Cuando finalmente lo vi, casi no pude reconocerlo. Estaba demacrado y sucio. Pude hablar con él sólo a través de una alambrada y le tiré el paquete de comida y ropa que le llevaba por encima del foso que nos separaba. Uno de los guardias lo cogió y se lo quedó para él. Teníamos que hablar a gritos pues las otras personas que estaban allí también hablaban a voces queriendo comunicarse con los otros detenidos. Estuvo en aquel campo unas semanas más, yo iba a verlo los domingos, me llevaba horas llegar hasta allí, pero yo sabía que él dependía de mi visita. En realidad, ése fue un tiempo especial pues por lo menos sabía dónde estaba y podía verlo. Luego, un día llegué y ya no le vi entre los detenidos. Lo habían trasladado de lugar pero no sabía dónde. Se apoderó de mí una angustia terrible. No dormía, estaba paranoica, quería prenderle fuego a la casa del delator pero al mismo tiempo sabía que él conocía su paradero y finalmente a través de un vecino que hizo de intermediario supe que lo habían destinado a una prisión de Lérida. El viaje era para mí muy costoso. No tenía dinero para ir a verlo y las cartas que le escribí me las devolvían sin que le llegaran a él. Esa fue la época más horrible de mi vida. Miguel estuvo en Lérida más de un año. Cuando salió era un hombre cambiado. Le habían torturado, había hecho trabajos forzosos, era un hombre que había perdido en un año la capacidad de apasionarse por las ideas. Eso fue lo peor que el franquismo de aquellos años hizo contra todos nosotros. Nos quitó la fe en las ideas. Como si las ideas fueran un cáncer que te corroía la vida y por tanto lo mejor era extirparlas, no pensar, vivir como un vegetal, simplemente vivir sin esperanzas, sin ilusión, sin horizontes. Sólo tenía una obsesión, dejar el país que le había roto la juventud y la vida. Empezar de nuevo en otro lugar, marchar, marchar por encima de todo. Yo sabía que le había perdido. Estaba conmigo sólo a medias, andaba y se movía como anonadado, por la noche tenía alucinaciones, gritaba en sueños frases inconexas en torno a un crimen horrible que supuestamente había cometido y por el que tenía que expiar las culpas, 'Sarrià, Sarrià' gritaba, se volvió introvertido, él, que antes era comunicativo, ahora no quería hablar con nadie, odiaba el país y a todos los que vivían en él y no quería más que abandonar aquel marasmo para siempre. Era un hombre que había perdido la confianza en los demás, de creer en la humanidad y en la posibilidad de cambiarlo todo había pasado a ser alguien que temía las consecuencias de creer en nada y sólo quería huir, escapar de unos compatriotas que le parecían mezquinos y cobardes porque no habían arriesgado nada, a diferencia de él que se lo había jugado todo por una idea. Habían hecho con él lo que el país había hecho y haría con muchos otros, les había quitado la capacidad del desafío, les había castrado para enfrentarse a una situación irreparable. Me decía, lamentándose, se merecen lo que tienen, el franquismo está hecho para ellos y tienen lo que les corresponde a su cobardía. Siguen con sus pequeñas vidas, hechas de nada más que miseria y adoran esa miseria porque no se atreven a imaginar nada más, tienen miedo hasta de sus propios sueños porque temen que lo que sueñan quede reflejado en sus caras y los demás puedan leerlo para delatarlos".

Los postreros rayos del sol declinante entraban por el balcón y se reflejaban en la pared sobre una reproducción de Chagall cuyas almas flotantes por un firmamento azul, verde y rojo presidían aquella reconstrucción de un tiempo pasado que la cámara se empeñaba obstinadamente en rescatar de la desmemoria y el olvido. Conmovidos y en silencio, Mike y Nadia escuchaban, ensimismados, aquella voz emergida de un tiempo ya muy remoto que renacía como un fénix glorioso antes de desvanecerse definitivamente.

"Buscó trabajo –proseguía Daniela– pero, con sus antecedentes, nadie se atrevía a darle nada. Los antiguos compañeros habían muerto, habían desaparecido o no querían asociarse con él por temor a las consecuencias. Algunos días trabajaba en los barcos de carga y descarga del puerto. Salía de casa antes del amanecer para conseguir el trabajo, ganaba así algún dinero pero volvía agotado a casa. Yo sabía que no podía continuar así. Yo trabajaba también a horas, me daban encargos para coser en casa. Mi madre me había enseñado a coser y eso me salvó en esos años, pero Miguel no podía seguir dependiendo siempre de mí, yo deseaba que tuviéramos un hijo porque pensaba que eso le daría una motivación, una esperanza nueva y se quedaría aquí en Blai conmigo para siempre, pero ni siquiera en eso tuvimos suerte. Llegaba tan agotado por las noches que no tenía ni ganas de hacer el amor. Una noche llegó del puerto, se fue directamente a la cama y ya no se levantó en varios días. Estaba deprimido, enfermo, y le dije, no vuelvas más al puerto, eso te va a matar, déjalo, ya viviremos de alguna manera, no te preocupes. Intentó organizar un grupo de discusión con unos antiguos amigos pero todos tenían miedo y no querían hablar de nada que pudiera poner en peligro sus ya precarias vidas. Miguel estaba solo, me tenía nada más a mí, se paseaba por el Paralelo arriba y abajo como un fantasma, se iba hasta Plaza España y subía a Montjuic, leía a Dostoievski, me recitaba pasajes de los *Hermanos Karamazov* que hablaban de la injusticia y la miseria de los hombres y, mientras lo hacía, le temblaban las manos y se le rompía la voz por la emoción. Se había vuelto introvertido, hosco, había tenido que adaptarse demasiado a un mundo que no era para él. Un buen día me dijo que no podía más, que tenía que marcharse como fuera. Cruzó la frontera por un paso de los Pirineos. No pudo conseguir un pasaporte y cruzó a pie hasta llegar a Francia. Como sabía bastante francés que había aprendido de mí, allí se defendió por un tiempo trabajando para los refugiados españoles. Se sentía útil, me decía en una carta, por lo menos era mejor que trabajar de descargador en el puerto y, además, su espíritu de servicio se veía realizado así en parte. La esperanza general entre los exiliados era que había que estar preparados para invadir el país y liberarlo del franquismo. Miguel esperó con ellos, pero finalmente se dio cuenta de que las alianzas interesadas de la guerra iban a deshacerse pronto y que a casi todo el mundo le convenía más una España anticomunista que una España peligrosamente decantada del lado comunista. El país se convirtió en una pieza dispensable en el juego de la guerra fría, Miguel me lo decía en sus cartas, los refugiados de aquí viven de una falsa ilusión, no va a ocurrir nada, a los vencedores les conviene que todo siga así. Franco les es más seguro que la incertidumbre de lo desconocido. Yo seguía esperándole, pero no podía volver, sin pasaporte el cruce de la frontera se había hecho más peligroso, le surgió la oportunidad de irse para México y se marchó a allí... Una de las cosas de las que me arrepiento es de no haberme ido con él, luego lo hubiera hecho, pero en ese momento, no tenía los medios y la resolución para hacerlo, además, a veces llegué a pensar que no hubiera salido bien. Miguel y yo nos queríamos de verdad, con pasión, pero éramos tal vez demasiado jóvenes para vivir toda una vida juntos, separándonos hemos podido vivir una utopía, la del amor por encima de todas las distancias del tiempo y el espacio, quizás una utopía falsa como todas, pero que a mí me ha nutrido todo estos años. El mundo de hoy, de vosotros los jóvenes, es un mundo de colores deslumbrantes, brillante, espectacular, el mío es más modesto y sencillo, está hecho de oscuridad, de sombras y contrastes, un mundo de barrio, del Poble Sec y el Paral.lel, aquí he vivido toda la vida y aquí voy a morir. Blai, Margarit, Blasco de Garay, Font-Rodona, Radas, estas calles llenas de una historia minúscula y humilde, sin pretensiones, de lucha ardua por obtener lo que para los otros es un simple hecho cotidiano. Soy parte de este barrio, que es una inmensa fotografía en tono sepia, con los bordes arrugados y doblados y un papel amarillento que resiste el paso del tiempo y nos ofrece la persistencia obstinada de la memoria. Cuando bajo a la calle, no veo ya lo que pasa hoy, eso ha dejado ya de interesarme, yo me paseo por las calles adoquinadas, sin asfaltar, sin coches ni motos, con las carretas de caballos en su camino hacia el Born, el local de la CNT donde íbamos con Miguel y donde habíamos visto a Durruti, ésa es mi ciudad y mi barrio. Vivo de imágenes pasadas. Cogida del brazo de Miguel, subimos por las escaleras de la fuente de aguas de colores de Montjuic y ascendemos por las escaleras de piedra hasta la balaustrada del Palau y desde allí contemplamos la urbe, los dos sobrevolando el mundo por unos instantes nada más, como en ese cuadro de Chagall, fascinados ante la explanada que se extiende ante nosotros, las cascadas de agua que se abren, paralelas, hacia la gran fuente central, flanqueándola arriba y abajo, hacia las torres florentinas de la Plaza España y la plaza de toros de las Arenas y el Tibidabo al fondo. Mi vida es ya sólo un álbum de fotos, todas en blanco y negro, semidescoloridas, sin lustre. Miguel y yo contemplando la ciudad de las bombas desde las alturas, el mundo extrañamente apaciguado esa tarde en la que no hay nadie en Montjuic y la ciudad toda está en silencio, fuera del tiempo y el espacio, como nosotros, que vivíamos el éxtasis de una visión y un amor privilegiados. Aunque es posible que me engañe y que lo mío sea solamente un delirio, algo artificial y vacío que va a evaporarse con mi muerte…"

Las lágrimas se deslizaban por las mejillas agrietadas de Daniela. El sol se había ocultado detrás del edificio de enfrente y las palomas habían dejado de arrullar en el palomar. Sólo se oía ahora el rumor monótono del movimiento interno de la cámara. La pequeña sala donde estaban filmando se había hecho un espacio al amparo de todas las asechanzas externas. Mike había sacado la cámara del trípode y se la había colocado al hombro para captar mejor la intensidad del instante. Pensó que insertaría con pocos cortes aquella escena en el film, un fragmento documental que superponer a la interpretación que Nadia haría de Daniela. Aquella Daniela de cabello blanco y surcos profundos bajo los párpados, vieja y sola pero no vencida, que mantenía la acuidad de la memoria como último recurso para una supervivencia precaria.

El primer plano se concentra en aquel rostro por el que se derraman las lágrimas de la impotencia y la nostalgia, un rostro bello y profundo al que su película rendiría homenaje. En seres como Daniela estaba el núcleo de la historia que a él le interesaba. La generación del ahora y el presente eternos debía adentrarse en figuras como aquella que estaban destinadas al olvido definitivo y no tenían ninguna posibilidad de perpetuarse sino a través de la mirada de un cine desinteresado como el suyo.

Nadia contemplaba la escena absorta en la presencia de aquella mujer con la que ahora se sentía identificada como si la hubiera conocido desde siempre. Se entregaría a ella. Penetraría en su experiencia, su pasión por Miguel, por la calle Blai y aquel barrio que ella desconocía pero que empezaba a amar ya como propio.

"Mirad –prosiguió Daniela levantándose y abriendo un cajón

de la cómoda–. Quiero daros un recuerdo de aquellos años. Es un libro que Miguel y yo leíamos juntos, *El intruso* de Blasco Ibáñez. Un libro que yo sé que ahora no tiene ningún valor y que ya nadie lee porque ya no se escribe como lo hacía Blasco Ibáñez. Pero, para nosotros y para nuestros compañeros de esos años, era un libro querido que nos hablaba de la solidaridad de todos los desposeídos. Está firmado por los dos. Mirad. 'Siempre unidos, los que no tienen nada'. Hoy sé que eso suena a ingenuo y vacío. El mundo ya no es así, pero para mí estas palabras todavía tienen sentido, el sentido de la resistencia frente al destino letal del nacimiento. Nosotros queríamos un mundo mejor, no ocurrió como lo deseábamos, no ocurrirá nunca, pero símbolos como este libro nos han mantenido vivos a lo largo de los años".

De la calle llegaba el ruido de unos tambores que sonaban al ritmo de la música de una radio caribeña. Del patio interior venían voces de una lengua oriental. "Miguel no reconocería el barrio –exclamó Daniela–. De un centro para anarquistas se ha convertido en una babel de lenguas y razas, pero estos cambios van bien. Esta era antes una sociedad igual, uniforme y ahora se está produciendo el internacionalismo que perseguíamos antes. Yo me llevo bien con mis amigos ecuatorianos y paquistaníes. Y estoy segura de que Miguel también aceptaría todo esto. Lo único es que el mundo nos ha sorprendido y en lugar de un cambio total y absoluto nos hemos encontrado con una realidad en la que hay datos contrapuestos. Para mí, lo que nosotros pretendíamos era más bello, pero lo era sobre todo porque era una visión nuestra que nunca tuvimos que llevar de verdad a la práctica, y la realidad, la maldita realidad siempre se interpone en todo".

Se despidieron de Daniela prometiéndole que le enviarían una copia de la película y que, si tenían éxito y la presentaban en un festival, ella sería la invitada de honor. Nadia estaba tan conmovida que no dijo palabra, había visto a la diosa –le confesaría luego a Mike–, la mujer que ella sería durante los próximos meses y no quería romper el encantamiento, quería permanecer siempre en el castillo de las maravillas con cámaras secretas y torreones mágicos en el que la existencia quedaba suspendida indefinidamente, ¿para qué salir de allí?, quedarse siempre en ese reducto, pasearse por los caminos recónditos del tiempo hacia atrás, huyendo de un presente en el que, con Mike, había dejado de creer y encontrar, con él, las raíces perdidas, los dos apegados a unos seres etéreos y fantasmagóricos, la fuerza del mito por encima de los datos materiales, encontrar en el remoto pasado el impulso para vivir hoy al margen y por encima de una obstinada realidad en la que imponer la huella de los sueños de los otros, redescubiertos, los otros que pudimos ser y no nos han dejado ser.

El piso de Blai era el punto de partida de Miguel para una jornada que se había prolongado hasta llegar a los Angeles y se había continuado en él y Nadia y daba lugar a aquella película que concluiría el largo proceso. Les quedaba por filmar al Siscu. Daniela les había dado su dirección, unas manzanas más arriba hacia la cumbre de Montjuic, cerca del Búnker "está muy viejo ya el pobre –les había confesado Daniela– pero todavía se acuerda de los amigos y sobre todo de Miguel, tenía que haberme marchado con él, me dijo durante mucho tiempo, sobre todo en los años más duros de la posguerra, cuando no tenía trabajo y el cuidado de su madre se le llevaba la mayor parte del tiempo. El Siscu no tuvo suerte como no la tuvieron la mayor parte de los que se quedaron aquí. El país no les reconoció nunca todo lo que ellos le habían dado. Y ahora tal vez sea ya demasiado tarde".

Yo suponía que el Búnker quedaba en una de las laderas de Montjuic, en una zona donde me habían dicho que ahora había una casa de citas de lujo. Fue un lugar de detención durante los años de la guerra civil y luego volvió a serlo cuando los franquistas se apoderaron de la ciudad. Como muchas cosas de mi viaje, yo no sabía muy bien dónde estaba el Búnker o si ni siquiera quedaban rastros de él, pero sabía que con la ayuda de mis contactos en la ciudad podría encontrar por lo menos el lugar en donde se había hallado y podría filmarlo para incluirlo en mi proyecto. Como todo en mi película, había en ella componentes diversos. Durante mi estancia en la ciudad, recogería el máximo de material y luego combinaría lo documental con lo creativo para producir mi película. Probablemente tendría que descartar una gran parte del material recogido para conseguir la unidad de la obra final pero el trabajo en el cine siempre implica esa opción. Se filma mucho que luego el proceso de edición elimina. Yo ya le había advertido a Nadia, que no tenía experiencia en el proceso de creación del cine, que tenía que armarse de paciencia pues mucho de lo que íbamos a hacer acabaría por no verse nunca en la pantalla.

Ya de vuelta en el hotel, Nadia repitió que le había maravillado Daniela, que verla y oírla había sido una de las grandes experiencias de su vida, algo que no olvidaría nunca. Daniela figuraría en su vida como una de las personas que más le había influido, era un gran modelo de mujer y se comprometía a hacer de ella una figura noble e intensa a la que entregaría lo mejor de sí misma. Se apasionaba explicándome cómo interpretar sus frases, cómo hacer revivir en la película las diversas escenas de su relato, cómo llevarlas a la práctica. Me di cuenta de nuevo que Nadia sería mi actriz idónea para lo que yo quería hacer.

Nuestro hotel quedaba en la calle del Carme, no lejos del Paral.lel. Cuando salíamos a pasear, me daba cuenta de que por fin estábamos de pleno en aquella ciudad portuaria, desenfadada y caótica, que mi padre me había enseñado a amar en la distancia como si fuera la mía propia. Aquel lugar, entrevisto y soñado a través de los años, que había visualizado entre tinieblas inconsistentes e imprecisas, se me hacía realidad ahora, cuando el narrador de mi relato no existía ya más que en mi memoria. Mi film sería él, pero tenían que ser también aquellas callejuelas tortuosas en torno al puerto y el Poble Sec, calles grises, angostas, con olores densos, voces de vecinas y vecinos apresurados, el sol entrevisto apenas sobre los balcones de los edificios repletos de antenas de televisión. Miguel se había paseado por aquellas mismas calles, él siempre había querido traerme aquí, no quisiera morirme sin que fuéramos allí juntos, me decía con angustia, pero su deseo no pudo ser realidad. Mi labor era como la de un arqueólogo, descifrar las huellas de un tiempo pasado, ahondar más allá de la superficie de normalidad y festejos perpetuos que la Barcelona actual aparentaba ser. Como reclamaba Daniela, aquella no era una ciudad festiva sino un espacio singular donde se había desarrollado un drama que para mí no había concluido todavía.

Nadia me escuchaba entendiendo que aquella era mi agenda personal y que podía unirse a ella pero sólo desde fuera, aunque, como actriz, sería capaz de cumplir apropiadamente con su papel. Barcelona, ciudad de la muerte y el exilio. Frente al Teatro del Liceo una mujer decrépita, vestida con un traje deshilachado y sucio de bailaora de flamenco, increpaba a los viandantes recordándoles las ofensas de su vida y algunos de ellos la zarandeaban de un lado a otro de la avenida, riéndose entre las carcajadas y los gritos de algunos transeúntes. Nadia y yo la contemplábamos ensimismados. El cuadro era una expresión de nuestra película. El espacio de la suntuosidad y el lujo yuxtapuesto a la marginación y el abandono. Nuestra película incluiría esa escena y potenciaría el destino de los que, como aquella mujer, habían sido arrumbados definitivamente por la vida.

Nos encontramos con el Siscu en un bar del Poble Sec. El Siscu era un hombre patentemente maltratado por los avatares de la vida que, haciendo un esfuerzo manifiesto, nos recibió con un abrazo caluroso y muestras de júbilo. Daniela le había hablado ya de nuestra película y le había dicho que pensábamos localizarla en el Poble Sec y él se había ilusionado inmediatamente con el proyecto.

"Miguel es uno de los hombres que realmente he admirado en mi vida –intimó mientras bebía de su taza de café con leche–, lo he tenido siempre idealizado porque su marcha supuso el negarse a aceptar todas las humillaciones que los que nos quedamos aquí tuvimos que sufrir. El intentó algo distinto, una gran aventura que le salió bien por encima de las miserias que el exilio necesariamente conlleva".

A la salida del bar, unas niñas saltaban a la comba junto a un banco ocupado por unos ancianos que hablaban animadamente. El

Siscu estaba entusiasmado con nuestra presencia, miraba con curiosidad el equipo de filmación y se le notaba un brillo en los ojos que probablemente había estado ausente de ellos en mucho tiempo. Subía con dificultad la pendiente de la empinada calle pero me dijo que hacía mucho que no se sentía con tanta energía como aquella tarde. "Me habéis abierto un horizonte, me habéis cambiado la vida, aunque sólo sea por unas horas. Colaborar en vuestra película me parece una manera inesperada de acabar una vida que ha tenido más de malo y desagradable que de bueno –argüía gesticulando mientras caminábamos lentamente–. Cuántas veces Miguel y yo nos habíamos paseado por aquí hablando de la revolución, de un nuevo mundo para los trabajadores, de la lucha social, de Rusia, el frente popular, de Negrín, Federica Montseny, Largo Caballero, una revolución que no ocurrió nunca, que nos la robaron antes de que tuviera ninguna posibilidad de realizarse. Miguel era más crítico que yo, yo era más impetuoso, él veía más los pros y los contra, lo que no funcionaba, los errores que cometimos, todos los excesos, como los que ocurrían en lugares como el Búnker".

Nadia y yo le dejábamos hablar. Sólo le habíamos filmado con la cámara al encontrarnos en el bar, pero ahora mi grabadora de bolsillo grababa todas sus palabras, que yo sabía utilizaríamos de una forma u otra. El Siscu era otro testigo, otra voz que agregar a la multiplicidad de voces que compondrían el proyecto final. Una voz languideciente, pero genuina y directa, que hablaba a partir de una memoria fidedigna y de primera mano, con el imperativo de dejar una marca última en la historia. La película le iba a dejar hablar libremente, sin trabas, dándole la oportunidad de convertirse en el vehículo de un discurso del tiempo pasado que no podía recobrarse en su integridad pero que al mismo tiempo, como mi padre me había dicho, no se podía dejar desaparecer.

Del Búnker ya no quedaba sino un muro en la ladera de la montaña cubierto por la vegetación y la maleza. El Siscu nos explicó emocionadamente que allí había habido torturas y ejecuciones en los años de la guerra civil. "Más arriba, nos dijo, queda una casa de citas de las caras que funciona día y noche, como si las atrocidades pasadas se combinaran con el placer de hoy sin la menor contradicción. Miguel no aprobó nunca lo que ocurrió aquí –proseguía el Siscu mientras la cámara filmaba sus gestos y palabras sobre el trasfondo del muro–. El abominaba todo esto pero decía que, como no podía impedirlo, prefería mantenerse fuera de todo ello. Miguel era un idealista en esa época, tal vez ingenuo, era de los que pensaba que la revolución era posible hacerla sin violencia. La experiencia de esta ciudad fue muy amarga para él pues pudo comprobar cómo las ideas más nobles pueden corromperse en la práctica. Los excesos que se cometieron aquí no podía aprobarlos y él pensaba que a la larga acabarían con la revolución. Por eso, se marchó al frente y luego, cuando entró Franco y vio que las cosas no iban a cambiar, optó por la marcha, pero no con odio sino como una posición de empezar todo de nuevo y abandonar un país que a él le parecía abominable. Nos hubiéramos marchado los dos juntos, yo lo quería como a un hermano y el verlo marchar y yo quedarme aquí me hizo mucho daño, pero yo tenía a mi madre que no podía dejar sola, vieja y enferma como estaba. Lo acompañé hasta donde pude en la frontera y luego lo vi perderse en la oscuridad entre la niebla de las montañas. No volví a saber de él hasta que ya estaba en América. Recibí una carta que aún conservo y que puedes fotocopiar si gustas en la que me decía que le habían ocurrido numerosas calamidades pero que, pasara lo que pasara, él ya no volvía, cuando finalmente había conseguido hacer algo con su vida… Entretanto, yo me quedé aquí, teniendo que soportar todas las mezquindades y agravios de la posguerra".

Nadia filmaba con la cámara fija mientras yo y el Siscu nos hicimos paso entre la maleza que cubría los muros semiderruidos del Búnker. "De pequeños habíamos jugado por aquí a policías y ladrones –prosiguió el Siscu– y luego los juegos se hicieron más serios, y se mataba de verdad. Montjuic ahora es una montaña para visitantes de domingo y turistas, el castillo es un museo, hay un funicular, pero aquí se han cometido las mayores atrocidades. ¿Cómo quieres que nosotros, los viejos, nos olvidemos de todo esto? Para nosotros el pasado podrá siempre más que el presente".

Le dije al Siscu que se pusiera enfrente del muro en el que todavía podían verse los restos de los impactos de bala. Me coloqué detrás de la cámara e hice un zoom de su rostro, deteniéndome largamente en su mirada cansada, casi de ciego, las arrugas profundas de su frente, la boca desdentada, aquel rostro carcomido por las injurias de la vida, un rostro de sienes hundidas como yo no había visto en mi entorno aterciopelado y acariciador de California, un mundo de decorados y glamour, una vida acomodada que el Siscu no había podido conocer nunca, hecho como estaba a la autonegación y el sacrificio, el perpetuo no a todo, que Miguel me decía había caracterizado su vida y la de sus amigos antes de su marcha. En su expresión fatigada y decepcionada vi, superimpuesto, el rostro de Miguel, aquella misma fundamental inocencia y generosidad, la capacidad de entrega cuando ya no a una causa general, sí a los amigos y a mí mismo. Mi padre, como el Siscu, había sido capaz de preservar por lo menos una parte de la fuerza y dedicación de la juventud y la había llevado consigo hasta el final.

En el contexto de fondo se oyen himnos revolucionarios, la Internacional, Els segadors, la música que, en su vida errante, había acompañado a mi padre de aquí para allá y me había llegado hasta mí. La cámara sigue detenida en el rostro del Siscu que, a instancias de Nadia, continúa haciendo la crónica de un barrio en el que él ha pasado toda su vida y que, ahora, cuando le queda ya muy poco tiempo en él, se ha transformado más allá de lo que todos hubieran podido prever. Después de todo, –pensé en ese momento–, tal vez sea mejor que mi padre no volviera nunca aquí. Su sorpresa hubiera sido demasiado brusca y violenta.

–Miguel y yo éramos como uña y carne –prosiguió el Siscu–, no es posible hallar amigos así pasada la primera juventud, luego piensas ya más en los intereses, la familia. A los veinte años aún tienes tiempo para entregarte a los demás, luego las circunstancias pueden más que tú. Si sólo pudiéramos conservar una parte de esa generosidad que llevamos en la juventud... Pero la mayoría la pierden por completo. Incluso algunos se hacen más conservadores que nunca.

Oscurecía sobre Montjuic. Al editar la filmación de aquel pasaje, yo iba a incluir segmentos ficcionalizados de la vida de mi padre que completarían la narración de su amigo. "Miguel me salvó la vida en una confrontación ideológica con unos compañeros que me acusaban de haber traicionado la causa y cuestionaban lo que ellos veían como una postura blanda. Me arrestaron. Nadie sabía dónde estaba y fue Miguel quien averiguó mi paradero y finalmente pudo liberarme. Miguel siempre ponía lo humano y personal por encima de las ideas. Si no es por él, yo no estaría hoy aquí con vosotros".

Hice un panning de todo el entorno de aquella montaña centenaria: la profusa arboleda, la torre rectangular del castillo, los cables del funicular que emprendía su perpetua travesía a través del puerto. Mi padre me había hablado muchas veces del panorama de la ciudad desde el castillo. Llegamos hasta allí en un taxi. El Siscu nos dijo que hacía muchos años que no estaba allí y estaba maravillado con lo que presenciaba. La ciudad había cambiado tanto que parecía otra diferente. Nadie de su generación que volviera a la ciudad después de una larga ausencia podría reconocer todo aquello: la nueva extensión del puerto, la apertura al mar del Moll de la Fusta, la Villa Olímpica, las fachadas remozadas de la Barceloneta. Aquella ya no era aparentemente su ciudad. Todo se había lavado, limpiado, hecho bello y aséptico. Y debía ser así porque, como decía el Siscu, los jóvenes no pueden vivir apegados a las historias de los viejos, deben cambiar y renovarse pero, no obstante, para él su Barcelona, turbulenta y lumpen, era una ciudad en la que había merecido la pena vivir y a ella, en blanco y negro, no en color, como con los grandes de siempre, con Chaplin, Welles, Lang, iba vinculada mi película, todas y cada una de sus imágenes, para que un hombre y una mujer como el Siscu y Daniela alcanzaran el reconocimiento que los demás les habían negado.

Mi película iba a mostrar que, a pesar de la fugacidad y frivolidad de todo lo que me rodeaba, sería posible traerlos a ellos a la vida de nuevo, dar un sentido renovado a lo que habían hecho con el máximo de entrega y desinterés, para que yo y mi mundo áureo e impecable de California se abriera a lo desconocido. Gracias a aquel rostro fijo en el objetivo de la Canon, Nadia y yo entrábamos en la tragedia, la fuerza, la vitalidad, la pasión y el odio de la historia. De nuevo, debía darle las gracias a mi padre por haberme introducido a un medio que, sin él, no hubiera existido para mí. Mi película era un diálogo con él y con sus compañeros, con Daniela y el Siscu, un diálogo que yo sabía servía para compensar todos los momentos de incomunicación que habíamos sufrido antes. Así iba a ser, estaba seguro de que esta vez mi película tendría la fuerza y la persuasión que no habían tenido ninguno de mis proyectos antes.

II. VIAJE DESDE LA NADA

El pase de la frontera le había llevado varios días. El Siscu le había acompañado hasta cerca de la zona de los Pirineos y habían procurado pasar desapercibidos, tratando de protegerse tanto de la guardia civil como de los agentes camuflados que merodeaban por el lugar. Pernoctaron en casa de unos amigos que el Siscu tenía en un pueblo de las montañas y, al amanecer, se despidió de su amigo que, emocionado, lloraba y le decía que se marcharía con él y que, si no lo hacía, era porque no podía dejar a su madre sola.

Se fue alejando del Siscu intuyendo que no volverían a verse en mucho tiempo o tal vez nunca más. Caminó, primero con paso lento y tentativo, luego más apresurado y firme hasta que decidió que no volvería más la vista atrás. Empezaba para Miguel una jornada de interminables caminos sin retorno. Caminó y caminó evitando siempre los lugares poblados, yendo a campo través, eludiendo las carreteras transitadas, comiendo lo que le ofrecían, durmiendo en donde le dejaban dormir, eran tiempos duros, tiempos de sospecha, traición y muerte y no era fácil que lo albergaran en ningún lugar. Atravesó campos, bosques y montañas, siempre sin volver la vista atrás, en su mente Daniela y el Siscu y el piso de Blai donde había dejado sus libros y recuerdos familiares, hasta que llegó a un punto de la frontera que le pareció transitable. Esperó a que llegara la noche. Había divisado la pareja de la guardia civil paseando ominosamente por la cresta de las montañas. Sabía que si lo veían era hombre muerto. En ese caso, había preparado su estrategia de actuación: correr y correr sin volver la vista atrás. Podían abatirle por la espalda, pero él no miraría atrás, él no volvía a Barcelona, la ciudad de la muerte donde habían enterrado sus esperanzas para siempre.

Con la oscuridad de la noche, avanzó guiándose por la luz de la luna. Se sentía impulsado por una fuerza casi sobrenatural. No le quedaba más recurso que seguir adelante o morir. Caminó toda la noche, perdido a veces, sin rumbo fijo, bebiendo de las acequias de regadío, comiendo de los árboles frutales de masías solitarias. Al amanecer se encontró con unos carteles en francés y supo entonces que estaba a salvo. Una nueva jornada empezaba para él, una jornada incierta y sin horizonte, pero sabía que no había punto de retorno, continuar o morir y ese ultimátum, esa dicotomía imperativa y definitiva, presidiría todos y cada uno de sus días hasta el desenlace final en Balboa Island. Por encima de su desorientación, fatiga y miedo, Miguel sabía que Kronos le aguardaba, sonriente e implacable a la vez, al otro lado de todas las fronteras.

Llevaba algún dinero oculto en un bolsillo interior de la camisa que le sirvió para sobrevivir los primeros días en el nuevo país. Antes de la marcha, había vendido su reloj y un anillo por unos francos. Se encaminaba a la zona de Perpiñán donde sabía que había grupos de españoles donde podría sentirse amparado. Vivía como los topos. Se movía de noche, en los márgenes de carreteras y caminos, defendiéndose durante el día con su buen francés que había aprendido en Barcelona con Daniela y un profesor de Burdeos que le había motivado a valorar las lenguas como un modo de abrirse a los demás, más allá del estrecho medio de España. Con él había aprendido a admirar a Francia y la cultura francesa. Creía que los franceses gozaban de la libertad y tolerancia que tanto había deseado para su propio país. Pronto descubriría la fragilidad de sus ideas. En Francia, a pesar de su francés, los demás lo trataban con sospechas, como si llevara flagrantemente el estigma de los hombres y países malditos por la historia. Pero nunca reconsideró sus actos o volvió la vista atrás. Encontró una habitación compartida con otros cuatro hombres en la que le eximían del pago de la pensión a cambio de trabajar como ayudante en un restaurante frecuentado por los exiliados españoles a los que él servía de traductor e intérprete.

Sus compañeros le llamaban Keaton porque no sonreía nunca pero ayudaba a los demás y mostraba una determinación que todos admiraban. Keaton les daba comida extra, Keaton les regalaba un vaso de vino, Keaton les acompañaba a la prefectura para los trámites con la policía. Dejó de hablar de Franco y del país abandonado. Sólo pensaba en escapar, abandonar un pasado decepcionante y sombrío.

Hizo amistad con Rachelle, la hija de la dueña de la pensión. Rachelle era muy joven y, para ella, Miguel, como le llamaba con voz gangosa y tierna, era el epítome de la sabiduría y el conocimiento. Con ella hablaba de todo lo referente a España, "perdimos la mejor oportunidad que hemos tenido de cambiar las cosas, hacer un país diferente. Todos tenemos culpa en ello. Un fracaso del que no vamos a recuperarnos en mucho tiempo porque los vencedores han sido vencedores absolutos e implacables".

Rachelle lo escuchaba, admirada de su francés crecientemente más correcto y fluido. Se había apasionado por aquel hombre que le parecía creer de verdad en el valor de las ideas, por encima de la mediocridad de la vida cotidiana que ella había conocido siempre. Miguel tenía una vida interior que lo amparaba de los avatares y circunstancias externas. No había conocido nunca a nadie como él. Sabía que aquel extranjero llegado de un medio extraño no era un espíritu sedentario y que no se quedaría con ella, pero, mientras durase su relación, pensaba vivir la experiencia en común del modo más intenso posible. Quería aprender de aquel hombre que había vivido lo que ninguno de sus amigos habituales había conocido. Miguel le decía que no volvería más a España, que su marcha era definitiva. Rachelle no entendía el menosprecio de Miguel hacia su tierra. Para ella, la pertenencia al país de nacimiento era incuestionable. Se podía estar de acuerdo o en contra del país propio, pero no se lo negaba. Miguel había vivido el dolor y la huída, pero también la ilusión y la creencia genuina en todo y para Rachelle entregarse a un fin y defenderlo por encima del interés personal era un valor que admiraba.

Miguel llevaba meses sin tener más noticias del país abandonado que los rumores de los emigrados recién llegados. No sabía nada de Daniela ni el Siscu. Al Siscu le había escrito pero ni siquiera sabía si le había llegado la carta. Y a Daniela era reacio a escribirle pues se sentía culpable por haberla dejado sola y haber iniciado una amistad con Rachelle que él sabía estaba destinada a durar poco y estaba motivada por su soledad y su necesidad de encontrar apoyo en el nuevo lugar. Tenía pensado marchar a Marsella para de allí embarcar a México donde le habían dicho que había una colonia de emigrados entre los que pensaba no sería difícil encontrar apoyo. Trabajaba, leía en francés por las noches, soñaba pero temía hacer proyectos. Su situación en el restaurante era precaria ya que no sabía por cuánto tiempo podía quedarse allí. Rachelle le decía que podía contar con ella, pero él se resistía a sus ofrecimientos para irse a vivir con ella en un apartamento que sus padres tenían vacante.

Se veía sólo ocasionalmente con sus compatriotas que le parecían estar estancados en una visión irreal y falsa del país, incapaces de asimilarse al nuevo medio, desconectados por completo de la nueva lengua y cultura, soñando en el derrocamiento del régimen que él intuía ya como irrealizable sobre todo porque al resto del mundo le convenía un país fervientemente antisoviético más allá de la inestabilidad de un cambio incierto. Miguel estaba siempre dispuesto a la ayuda, la respuesta frente a las necesidades de los demás. Les atendía en su búsqueda de alojamiento, trabajo o permiso de residencia. Tenía el aval de su conocimiento de la lengua y la ayuda de Rachelle en los entresijos de la burocracia del país, pero rehuía las reuniones sociales, que, pasados los primeros encuentros, le parecían repetitivas, asfixiantes, con su retórica comprensible pero inviable en torno a España, el franquismo y la miseria general del país abandonado.

Le decía a Rachelle que su escepticismo y su desilusión eran crecientes, pero al mismo tiempo se negaba a perder por completo la esperanza en las posibilidades de cambio. Su siglo había sido apocalíptico, la realización patológica de todas las opciones sistemáticas que los grandes popes de las ideas del XIX habían gestado en sus mentes febriles sin dar la menor atención a los detalles prácticos.

Pero tal vez hubiera una alternativa impensada a los horrores que su siglo había perpetrado.

Rachelle escuchaba, absorta, lo que Miguel le contaba. Miguel le había mencionado a Daniela. Sabía que ella carecía del vínculo emotivo que Daniela tenía con Miguel –la lucha en común, las esperanzas y frustraciones de los dos, los sueños y el pasado compartidos–, pero no le importaba, quería estar con él porque él le hablaba de un tiempo y un espacio distintos para ella, en los que ella intuía podía encontrar la inspiración que los otros le negaban. Miguel no podía quedarse mucho más tiempo en Francia porque su condición imprecisa de inmigrante y refugiado político no era prolongable indefinidamente. Había empezado para él la fase de tránsito a una vida nueva de la que ya no saldría nunca más. Rachelle le aseguraba que ella iría con él adonde él fuera, México, Estados Unidos, Canadá, no tenía nada especial que hacer en Francia y estaba dispuesta a correr todos los riesgos que hiciera falta sólo para estar con él.

Un día le esperaban a la entrada del restaurante dos agentes de la policía que le hicieron ir a la Prefectura y allí le sometieron a un interrogatorio sobre su estancia en el país. Lo trataron con una hostilidad y desprecio que le sorprendieron ya que asociaba ese tratamiento con los modos propios del franquismo más que de una sociedad que él asociaba con la libertad y la tolerancia. Le dieron un permiso de un mes para preparar su salida del país.

Sentados en un banco junto al río, Miguel le comunicó a Rachelle su partida imperativa. Luego, se sentaban allí todos los días y contemplaban las aguas grises sin hablarse, ella sabiendo que él estaba con ella sólo parcialmente, una parte de él pensando en la marcha, en el nuevo lugar hipotético al otro lado del Atlántico, intuyendo que no había posibilidad de retorno, que el regreso le estaba vetado porque había osado ser distinto a los demás. Rachelle había enmudecido, derramaba lágrimas en silencio día tras día, negándose a enfrentarse con aquel hecho inexorable, "si quieres, le decía en tono desesperado y con gran generosidad al mismo tiempo, si quieres, nos casamos, te dan los papeles de residencia y luego volvemos a vivir como ahora, yo sólo quiero ayudarte, no quiero más que no perderte, eso es todo, que te quedes a mí lado hasta que vengan tiempos mejores, porque vendrán tiempos mejores, estoy segura, y entonces puedes hacerte una vida aquí, en Francia, y olvidarte de tu pasado tan amargo, los seres humanos tenemos derecho a la felicidad…"

Desde Plaza Catalunya abajo, Canaletes, la iglesia de Belén, Portaferrisa, la Virreina, hacia abajo, hacia el mar. Calle Hospital, Liceo, Plaza Real, cruzando el paseo Colón, sentarse en las gradas del puerto, escapar de la tierra del odio y la muerte, subir por la pasarela del trasatlántico majestuoso, contemplando a los grupos de pasajeros que se aglomeran en el muelle. La tristeza cálida de las despedidas. Cuánto has soñado con esa partida, Miguel, cuánto tiempo, si pudieras irte como ellos y escapar de esta tierra en la que ya no hay esperanza para ti, huir para siempre, subir la escalerilla que te está esperando, sin prisa, calmadamente, oyendo el rumor de las conversaciones de los otros pasajeros que están nerviosos y agitados por la marcha, tú, por el contrario instalado en el júbilo. Llegar a la entrada de cubierta, enseñar tu pasaje, respondiendo con una sonrisa a la sonrisa amable del marino de uniforme blanco que te da la bienvenida, desde la cubierta saludar a Daniela y el Siscu, que agitan sus pañuelos, sabes que están llorando aunque no lo ves desde la altura de la cubierta. Sueltan amarras, mueves los brazos, agitas el pañuelo. El amargo y dulce ritual de la despedida. Toda tu vida será un movimiento de aquí para allá, has marchado y tus amigos se quedan ahí y seguirán esperando así para siempre. Han soltado amarras y el gran trasatlántico emprende el lento movimiento de la marcha, no hay posibilidad ya de vuelta atrás, a lo lejos va quedando la ola de pañuelos que se mueve de modo compacto y homogéneo cada vez más lejos. Te hallas en el universo mágico del cine, todo es bello, en color y en tres dimensiones. Qué bien seguir soñando así por siempre y no despertar nunca más, una perpetua película en color que se prolongará por toda la eternidad… Entretanto, te ha llegado carta de Daniela y en ella te confiesa que tu marcha fue el hecho más amargo y difícil que hubo nunca en su vida, que se pasó días llorando y que se paseaba sola como perdida por las calles del Raval, sin rumbo, sola, sin ti, esperando que en cualquier momento te vería aparecer en la estación de Francia de vuelta y os estrecharíais en un abrazo perpetuo para no separaros jamás. Te decía también que el Siscu había compartido con ella su propia soledad y su desolación después de su regreso en tren desde Figueres, tras haberte dejado justo junto a la frontera. Cuidaba de su madre enferma y salía con ella las horas libres, sí, debía confesárselo a él, salían juntos, como amigos, dándose apoyo mutuo por mi marcha que les

había dejado sin coartadas emotivas para seguir, yo era más fuerte y empren-
dedor que ellos, me necesitaban, Daniela no me recriminaba nada, lo enten-
día todo perfectamente. También añadía que había venido la policía pregun-
tando por mí. Querían saber dónde estaba y adónde había ido, ella, claro está,
no les había dicho nada pero temía que volvieran otra vez con argumentos y
modos de acción más persuasivos. Daniela y el Siscu se daban el apoyo que yo
les había negado con mi partida, porque no había nadie que pudiera resistir
la soledad y el desamparo de aquellos tiempos sombríos, sórdidos y sin esperan-
za... [Transcrito literalmente del manuscrito de Miguel].

Un día, uno de los compañeros del grupo de emigrados cayó enfermo grave y necesitaban un intérprete para poder comunicarse con él –escribe Miguel en su manuscrito–. Vinieron a buscarme a casa de Rachelle y yo me dirigí rápidamente al hospital donde me reclamaban. Era un hombre de unos cuarenta años, de aspecto enfermizo y demacrado cuyo rostro no me era desconocido. Había contraído tuberculosis y su condición había ido empeorando por falta de medios para atenderlo. Cuando llegamos Rachelle y yo a su habitación, estaba ya muy grave y me dijo que había escrito una carta a su madre y que si podía hacérsela llegar a ella. Ver a aquel hombre en aquella situación de desamparo y soledad me determinó más todavía a seguir adelante en mi viaje. Agonizante pero totalmente consciente, aquel hombre me decía que lo que más miedo le daba era tener que morir solo y sin apoyo de nadie. Yo había visto morir en el frente y los bombardeos a otros hombres y mujeres pero nunca en la soledad y el abandono que dan el vivir fuera del país. Aquel día decidí que yo no moriría solo como aquel hombre sin que alguien de los míos estuviera a mi lado.

Rachelle me dijo finalmente de manera abierta que no quería que me fuera. Se había enamorado de mí, no le importaba confesarlo, sabía que conmigo era feliz y no se había sentido así nunca antes, yo era su primer amor de verdad, conmigo había descubierto la pasión en lugar de la frivolidad de otras relaciones, ella era muy joven y yo le ofrecía la seguridad y la certeza que no había más que entrevisto tímidamente antes.

Me sentía arropado por ella pues me daba la ternura y la entrega que necesitaba ya que para entonces había aprendido que es muy duro llegar a un país como extranjero, sin documentación, sin amigos y sin contar con una red de apoyo afectivo y social. Apreciaba sobre todo el que Rachelle nunca me hubiera hecho sentir diferente por no pertenecer a su medio. Todo lo contrario, para ella, el que yo viniera de otro país y hablara otra lengua era algo de lo que se sentía orgullosa.

Una noche paseábamos junto al río y habíamos sobrepasado la

línea de luces de la ciudad. Yo le había hablado de Daniela y le había explicado la relación especial que nos unía a los dos, que era imposible borrar y olvidar todo lo que habíamos hecho juntos. Mientras le decía esto, en la oscuridad de la noche, y con el trasfondo del rumor de las aguas del río, ella me dijo que no le importaba mi pasado, que ella me asumía tal como era, *je t´aime comme tu es,* insistía, mientras me apretaba desesperadamente las manos, *je n´ai besoin d´autre chose que de toi,* gemía, abrazándose a mí y yo me abrazaba a ella.

Mi permiso de trabajo había llegado a su fin y yo sabía que no había ninguna opción para mí en aquel país en el que en última instancia no era querido pues tenía poco que ofrecerle más que las dificultades de mi desventurada vida. Mi partida estaba decidida. Yo intuía que en América tendría más posibilidades, *je viendrai avec toi, je viendrai avec toi,* me rogaba Rachelle, sollozando, en el frío de aquella noche sombría en la que ella y yo estábamos desamparados frente a un mundo que no podía acogernos dentro de sí.

Como en otras ocasiones en mi vida, mis sentimientos debían ceder a la presión de las circunstancias. El movimiento me ha definido siempre y, para bien o para mal, debía marchar por encima de las consecuencias inmediatas de mis actos. Rachelle se abrazó a mí con su cabeza apoyada en mi hombro y, me dijo que le sería muy difícil vivir sin mí, no podría acostumbrarse a hacer sola el paseo del río, trabajar, ir al cine, *ma vie sera complètement différente, je ne pourrai pas continuer à vivre sans toi, j´en suis sûre…* Yo también me abrazaba a ella, si hubiera sido diez años después, cuando ya mi visión de las cosas se había hecho más ambigua y escéptica, no habría podido marchar y dejar aquella mujer joven e ilusionada que depositaba en mí la confianza a ciegas cuando yo sentía que, en torno a mí, no podía contar con nadie, que estaba solo con mis propias fuerzas. Ella me aceptaba tal como era, con mi penuria, mi carencia absoluta de todo, mi francés imperfecto, mi inestabilidad e inseguridad, y yo me abrazaba a ella sintiendo su convicción absoluta para vivir una crónica de amor indisoluble y permanente conmigo.

Aquel día volví a mi habitación y no pude dormir en toda la

noche. Siguieron noches como aquella, los dos atraídos el uno al otro por fuerzas que estaban más allá de nuestro control, siendo capaces de engañarnos, más allá de toda consideración lógica, abismándonos en el dolor de una separación inexorable, volviendo a engañarnos y afirmando que nuestro amor superaría todas las distancias y que volveríamos a encontrarnos en el futuro. Yo me enfrentaba con mi incapacidad de optar claramente o de asumir las consecuencias de mis decisiones. De todas las emociones conflictivas, la culpabilidad es una de las que he asumido siempre peor, tal vez porque interprete mis actos como una victimización de alguien inocente, destinado a sufrir por mis acciones. Siempre que puedo prefiero no optar, pero en este caso tenía que hacerlo una vez decidido ya que iba a marcharme. Disponía de unos pocos días para poner mis pocas cosas en orden y ahorrar algo más para mi viaje.

Mi vida había iniciado ya el camino de la partida y no podía retroceder por más que quisiera. Acudía al centro de emigrados todos los días. Sentía compasión por ellos y además compensaba así la presión de Rachelle que, a pesar de la situación, insistía en no separarse de mí e incluso estaba avanzando en sus conocimientos de español que quería aprender para introducirse mejor en la comunidad de exiliados de la que yo formaba parte.

Las noticias que llegaban de España no eran particularmente halagüeñas. La dureza, represión y falta de esperanza me distanciaban del país más y más. Tenía la certeza de que no regresaría en largo tiempo y que mi partida sería prolongada, quizás para siempre. Había empezado a compartir el destino de tantos otros seres que, en ese tiempo aciago y despiadado que ha sido la historia del siglo XX, se vieron condenados a la separación, la brutalidad y la muerte violenta. Como todos los marginados, yo iba a sufrir el desprecio de los demás y la indiferencia ante mi suerte.

Una noche, ya a punto de marchar, fui con Rachelle al centro. La mayoría de los compañeros no entendía que me marchara cuando ellos estaban persuadidos de que pronto podrían volver a un país liberado. Algunos me dijeron que, marchándome tan lejos, iba a perder la oportunidad de volver y otros me increpaban porque traicionaba su causa pues no me sumaba al esfuerzo colectivo de todos por subvertir un régimen odioso. Yo les escuchaba y les concedía la razón. Veía sus rostros macilentos, sus ojos hundidos, sus ropas sucias y raídas. Sentía tanta compasión por ellos como la sentía por mí mismo. Como yo, habían abandonado familias y amigos y vivían en las condiciones más precarias de necesidad e incertidumbre. Como luego confirmaría el futuro, había pocas esperanzas de que sus sueños se cumplieran. Yo era como ellos y compartía con ellos un mismo origen, pero me negaba a que mi destino se equiparara con el suyo. Iba a hacer las cosas de modo diferente, lo había hablado con Rachelle, iba a seguir mi propio camino, tal vez me iría mal o a lo mejor tenía éxito, en cualquier caso iba a probar por cuenta propia. Ocurriera lo que ocurriera.

Algunos me alentaban y me deseaban suerte en mi aventura. Al fin y al cabo, me iba con los bolsillos vacíos, sin nada más que mi voluntad, me abrazaban, me decían que me echarían de menos, que era insustituible en el centro, que mi ayuda era irremplazable. Marché del centro profundamente afectado. Rachelle iba a mi lado abrazada fuertemente junto a mí diciendo que me comprendía y estaba de mi lado.

Rachelle me acompañó en tren a Marsella para tomar el barco que había de llevarme, vía Lisboa, a México. Llevaba un vestido largo y ancho, con una falda de flores y una camisa de cuello abierto que sobresalía por encima del suéter. Estaba resplandeciente con su pelo moreno y largo recogido atrás en una cola de caballo que le destacaba el rostro luminoso y bello. Desde que salimos de casa para coger el tren que nos había de llevar a Marsella fuimos estrechados por la cintura, el uno apretado junto al otro, como si nada ni nadie hubiera de separarnos nunca.

Las horas transcurridas en aquel vagón gris y frío cuentan entre las más tristes de mi vida. No nos atrevíamos a pronunciar ninguna palabra por temor a romper el frágil equilibrio de emociones que nos unía el uno al otro. Estuvimos en silencio todo el trayecto, pero los compañeros de compartimento que nos miraban de soslayo reflejaban en sus rostros su compasión por nosotros como si intuyeran que estábamos viviendo una experiencia dramática que iba a transformar nuestro destino y nuestras vidas para siempre.

Toda Europa y no solamente España había sufrido el dolor y la muerte en esos años y no había casi ningún habitante del continente que no hubiera experimentado en carne propia la mano gélida de la muerte. Rachelle y yo éramos unas víctimas más de esa situación, pero nosotros en ese momento pensábamos que nuestro dolor era el más agudo de todos y en él se concentraban todos los sufrimientos y las esperanzas del mundo. Éramos todavía demasiado jóvenes para comprender que toda situación es ocasional y relativa, que el mundo estaba hecho de privaciones y separaciones fatídicas e ineludibles. Y, por encima de todo, no dudábamos que nuestro amor sería invulnerable al asalto de las fuerzas de la destrucción. Nosotros podríamos al final más que todos los obstáculos.

Llegamos a Marsella por la mañana. Mi barco salía a las once del día siguiente. Recuerdo Marsella en esa época como una ciudad poco acogedora y fría. El cielo estaba nublado y las gentes paseaban por las calles con la cabeza baja, como si estuvieran afligidos por una maldición irremediable. Encontramos una pensión cerca del puerto, dejamos allí mi equipaje y nos dedicamos a deambular por la ciudad. Era la primera vez que Rachelle se aventuraba fuera de su pequeña localidad y, para ella, aquella ciudad grande era un descubrimiento insólito.

En el puerto había atracados grandes buques mercantes y barcos de pasajeros y el olor penetrante del mar nos envolvía a los dos. Seguíamos enlazados y en silencio, incapaces de articular palabras y configurar ningún proyecto como si con el silencio quisiéramos conjurar los acontecimientos desastrosos que se cernían sobre nuestros futuros. Mi recuerdo de ese día en Marsella queda teñido por la neblina, la humedad y la melancolía y al mismo tiempo por mi unión con Rachelle, que, superando su dolor y angustia, había querido vivir conmigo las últimas horas de nuestra vida compartida.

Comimos en un bar siguiendo el ritual del silencio que preservamos según un acuerdo tácito que respetábamos escrupulosamente, el uno frente al otro, aprovechando las pocas horas que nos quedaban juntos, conscientes de que el mundo nos era indiferente y, aunque quisieran, los demás no podían asistirnos en mucho.

El local era pequeño y sin clientes y el camarero nos atendió con la benevolencia de quien advierte la necesidad y el desamparo de los jóvenes que carecen de todo. Aquella era nuestra última comida juntos, una comida triste de miradas lánguidas y apesadumbradas. Después de comer, salimos a la niebla exterior, que lo invadía todo. No recuerdo ni calles ni edificios, árboles o plantas, sólo la niebla persistente y el ruido de las sirenas de los barcos que llenaba todos los rincones del puerto y nos sobrecogía el alma de manera indescifrable. Paseábamos como dos fantasmas en la niebla, enfundados en nuestros abrigos, con los recuerdos reconfortantes y callados de nuestro amor seguro y frustrado a la vez, no atreviéndonos a romper el mágico pacto que teníamos sellado entre nosotros por encima de las circunstancias. Durante días, Rachelle había llorado inconsolablemente cada vez que nos veíamos, pero aquel día no derramó una sola lágrima adoptando una insólita actitud de fortaleza como si de pronto hubiera adquirido la serenidad y autodominio que le habían faltado hasta ese momento. Aceptaba el presente como lo aceptaba yo sin pensar en las consecuencias ulteriores. Y por esa actitud la amé más todavía y es esa Rachelle la que llevo todavía en mi recuerdo.

Dormimos en la habitación del hotel del puerto en una cama estrecha e incómoda, sin calefacción y cubiertos con una sola manta, e hicimos el amor por última vez. Ella me dijo que su cuerpo y su alma eran míos, prometiéndome y asegurándome que sabía que no querría a nadie como me quería a mí. Se había entregado a mí sabiendo que eso haría el dolor de la separación mucho más intenso pero no le importaba, que había decidido voluntariamente elegir esa opción para su vida. Permanecimos abrazados toda la noche, estrechándonos uno contra el otro para combatir el frío, prometiéndonos amor eterno, sabiendo que en ese momento singular el mundo y nosotros éramos la misma cosa, que formábamos la alianza de los desposeídos, unidos cósmicamente con los otros desposeídos del mundo, intuyendo que nadie se enteraría de nuestro pacto inviolable pero que eso no importaba en absoluto, que nuestro acuerdo era superior a todas las circunstancias temporales y se sobreponía al tiempo y el espacio.

A la madrugada, cuando empezaba a penetrar la primera claridad del alba a través de la ventana, pudimos por fin conciliar el sueño y dormidos desnudos unas cuantas horas, un cuerpo unido al otro, en un acto que no fue más que superficialmente físico y que quedó indeleblemente grabado en el álbum de imágenes de mi memoria.

Partir otra vez. Desde la cubierta del barco, apoyado en la barandilla, la vi decirme adiós, sobrecogida de dolor y frío. Mi vista fija en aquella figura, que se iba disipando lenta y gradualmente en la lejanía, agitando su pañuelo, más allá del sonido hiriente de la sirena del buque y el ir y venir de la marinería que se movía arriba y abajo haciendo rutinariamente las operaciones de desamarre y partida. Yo le decía adiós con la mano, mirándola desde la cubierta, impotente y abrumado frente a otra despedida forzosa, a la búsqueda de un yo que sólo podía realizarse en el más allá, en la superación de las fronteras y los límites que me venían impuestos desde fuera. Mi trayectoria de caminante incapaz de volver la vista atrás proseguía inexorablemente, pero la imagen de Rachelle, en lontananza, cada vez más remota e inalcanzable sobre el muelle, no dejaría nunca de acompañarme y la noche sagrada en el hotel de Marsella persistiría por siempre en mi memoria [reconstruido a partir del manuscrito de Miguel].

T CO BLAND K BLAND
9788919423512   95
SUBTOTAL $29 95
TAX   750   7
TOTAL $80 13
MasterCard   80 13
ACCOUNT # ************3015
EXPIRATION DATE   04 08
APPROVAL CODE   016906
CHANGE DUE   0 00
RECEIPT REQUIRED FOR A REFUND WITH
              CREDIT CARD
         THANK YOU FOR
****

III. LA CIUDAD DEL FANGO

Para el que llega por el norte y no la conoce previamente, la ciudad se abre desde la inmensa autopista que serpentea la costa del Pacífico como una eclosión de luz en la lejanía de las colinas que la circundan. A un lado queda el océano de olas encrespadas y aguas oscuras y turbulentas que han permanecido inalteradas en su convulsión a lo largo del tiempo sobreviviendo la llegada de migraciones y corrientes humanas venidas de continentes diversos. El viajero que arriba del norte lo hace a buen seguro, desde un automóvil amplio y confortable, con las ventanas subidas y aire acondicionado, música multiestéreo, televisor incorporado, seguro a todo riesgo, y todas las amenidades de la *high tech* de la industria automovilística japonesa. Desde San Diego, el trayecto es breve y fácil, sólo hay que dejar atrás las playas paradisíacas de La Jolla, las mansiones estucadas de blanco que bordean los escarpados acantilados que circundan el mar, las palmeras gigantescas, la vegetación lujuriosa de buganvillas de brillantes colores, hibiscos, madreselvas, eucaliptos frondosos y vastos magnolios, y abandonar la perfección impecable y pulcra de las casas, calles y jardines, la limpieza prístina de todo, la belleza de un medio natural, en un principio hosco y desértico, al que el ingenio humano ha convertido en un espacio privilegiado de armonía y equilibrio de proporciones y colores. El cruce de civilizaciones del pasado y el presente ha originado a lo largo del tiempo la emergencia de uno de los lugares más deslumbradoramente bellos de la tierra.

A medida que avanza en la·autopista hacia el sur, ese viajero advierte las numerosas señales que le anuncian con signos luminosos de letras enormes la llegada a un punto de destino dramáticamente opuesto al que va dejando atrás y le van ofreciendo la oportunidad de salir de su ruta y no abandonar la seguridad del entorno que le rodea. Si, a pesar de las advertencias, el viajero decide proseguir su avance, su acceso al más allá será fácil y sin problemas y, una vez entrado en la ciudad del fango al otro lado de la frontera, se verá amparado de las agresiones de un medio hostil y totalmente distinto del dejado atrás en el espacio aséptico y saneado del hotel de lujo trasplantado íntegramente desde fuera hasta el nuevo medio. Su estancia en la ciudad se realizará siempre al albergue de un conducto seguro y protegido en el que no habrá aberturas más que a los casinos, clubs y casas de prostitución inmediatos y accesibles. La llegada por el norte es, de ese modo, un proceso rápido y cómodo en el que no están previstos percances y contratiempos de ningún tipo y en el que viajero es consciente de que, en todo momento, será tratado con consideración y respeto irreprochables.

Pero mi llegada a la ciudad fue por el sur y no en un automóvil propio y confortable sino en un autobús desvencijado y sobrecargado con el que había cruzado el país de arriba abajo. Me habían dicho que la ciudad era hostil y caótica pero que también ofrecía el mayor número de oportunidades y opciones para el que quisiera trasladarse al pretendido paraíso que le aguardaba al norte.

Yo había llegado a la costa este del país, a Veracruz, en un viaje de más de una semana en barco que transcurrió mayormente bajo cubierto pues las tormentas y el frío no nos dieron la oportunidad de salir siquiera a ver el mar más que en contadas ocasiones. Paseaba arriba y abajo de los pasillos sabiendo que había dado un enorme paso incierto en mi vida pero siendo conocedor al mismo tiempo de que dejaba atrás un pasado en el que no estaba seguro de que quería reconocerme. La imagen de Rachelle en el muelle de Marsella en los inacabables minutos de desamarre me torturó durante todo el trayecto. Como había ocurrido con Daniela, sacrificaba a un ser extraordinario por un objetivo vislumbrado sólo imprecisamente. Su imagen con el vestido de flores y el brazo agitándose cada vez más lejos se repetiría en mi mente a lo largo de mi vida y sorprendentemente me daría fuerza a lo largo de los años en mi larga trayectoria de apátrida cuya única culpa era la negativa a la resignación y la aceptación de las circunstancias. Al cabo de los años, el ver el desarrollo de la vida del Siscu y otros compañeros de Barcelona me confirmaría en que mi decisión, aunque dolorosa y dramática, había sido acertada. Yo me negaba a que las circunstancias me impusieran un destino inapelable.

En el barco conocí a un joven mexicano que se dedicaba a organizar viajes turísticos y que me dio la referencia de un amigo suyo que me ayudaría en mi intento de llegar a Los Angeles. Me aseguró que desde Tijuana era posible pasar la frontera a Estados Unidos por medio de coyotes, como llamaba a los guías clandestinos que ayudaban en el pase de la frontera. En México tenía la ventaja del conocimiento del idioma y, no me fue difícil moverme por el país y cruzarlo en autobús durmiendo como podía en pensiones baratas o en los mismos asientos del autobús. Sólo tenía un objetivo que era llegar a Los Angeles. Estaba dispuesto a hacer lo que fuera allí, trabajaría en el campo de recogedor de fresa o vendimiador, en restaurantes, lo que hiciera falta. Yo saldría adelante en aquel país que yo en ese momento pensaba tenía las puertas abiertas para personas que estuvieran dispuestas a trabajar.

México me sorprendió por la belleza de sus paisajes desérticos, sus ciudades coloniales y la mezcla étnica de su población. En mi país la mayoría no sospechaba siquiera la hibridez de la población de esa sociedad y el desconocimiento al respecto era abrumador. La gente era amable y, sorprendidos por mi acento, me trataban con curiosidad y deferencia al mismo tiempo. En la capital estuve dos días nada más. Me paseé por las ruinas del centro antiguo, las pequeñas callejas y plazas que luego vería en el cine de Buñuel y otros cineastas mexicanos y empecé a ver que el mundo no terminaba en la península y que los principios de aproximación a la vida no coincidían en absoluto con los que había presenciado en España. Empezaba a abrir los ojos a un mundo diferente que luego vería ampliado en mi futura trayectoria por América. Todo era incierto para mí, pero intuía que el mundo se abriría en direcciones diferentes de las que había presenciado hasta ese momento. Como actúan siempre los jóvenes, me movía sólo por una intuición indefinida, pero al mismo tiempo sabía que seguir esa intuición sería para mí más productivo que persistir rutinariamente en lo ya conocido.

A medida que avanzaba por las extensiones del enorme país, su pobreza me parecía sobrecogedora, pero sus gentes, indios y mestizos, me parecían tener un estoicismo y serenidad frente a la adversidad que me han servido en el futuro. Yo pensaba que, cuando en las calles revolucionarias de Barcelona actuábamos para supuestamente redimir el mundo de sus injusticias, lo hacíamos sin conocer lo que realmente queríamos hacer. No teníamos, por ejemplo, el menor dato respecto a lo que ocurría en el país en el que estaba y pensábamos que el mundo se acomodaría a nuestros dictados y que las transformaciones seguirían de modo inmediato y fácil.

No encontré a mi contacto, así que me dediqué a recorrer las calles de la ciudad inquiriendo sobre el modo de pasar a lo que los mexicanos llamaban el Norte. Preveía que las privaciones que había experimentado en el pasado iban a multiplicarse allí. Aquella ciudad me atemorizaba por su aspecto hosco y brutal. Las calles estaban sin asfaltar, carecían de aceras y estaban llenas de barro y basura maloliente. Ratas enormes y de aspecto feroz se paseaban libremente durante el día por las calles a la búsqueda de las basuras y los desperdicios que estaban esparcidos por el suelo. Los perros hambrientos se disputaban con ellas esa parca porción de comida. La ciudad me impresionó como una simbiosis estridente de elementos contrapuestos simbolizados por las ubicuas ratas y las deslumbrantes luces de neón de los bares y centros de diversión. Más adelante comprendería por qué Orson Welles y otros cineastas que yo admiraba la habían elegido como modelo para la filmación de alguna de sus películas. Me paseaba arriba y abajo aferrado a mi esperanza aun sabiendo que mis opciones en realidad eran muy limitadas y que sólo una determinación ciega y absoluta podía mantenerme vivo.

Me había instalado en una especie de pensión en la que tenía una habitación compartida con otro hombre de aspecto indio que, al verme entrar, me miró enigmáticamente sin contestar a mi saludo ni dirigirme la palabra. Pensé que tal vez no comprendía el castellano y que por ello no me hablaba. Bajé a la cantina o comedor de la pensión y allí le pregunté al que atendía la barra dónde podía hallar la manera de cruzar la frontera. El hombre notó por el acento que yo no era del país y me dijo que en mi caso sería más fácil porque no tenía aspecto indio. "Los morenos son muy visibles, me dijo en tono desconcertantemente agresivo, usted pasará más desapercibido".

Los otros parroquianos tenían sus miradas fijas en mí mientras el patrón del bar me hablaba. Tenían rostros cetrinos y pelo muy oscuro y brillante que acentuaba la mirada penetrante de sus ojos dirigidos intensamente hacia mí. No soy miedoso por naturaleza, pero noté que tenía miedo y advertí la presión de la diferencia, del ser otro, una presión que ya no me abandonaría más en mi vida, porque siempre había de vivir fuera de mi supuesto medio, cualquiera que éste fuera, e incluso, de volver a mi país de origen, ya no me trataría nunca nadie como uno más de entre ellos.

El patrón me dio una dirección adonde dirigirme. Yo no tenía muchas opciones. Aquella ciudad tenebrosa me daba miedo, pero, como mis predecesores en el pasado, yo había quemado mis naves y no tenía más opción que seguir adelante. Me sabía absolutamente solo mientras paseaba por la Avenida de la Revolución tratando de decidir qué hacer, cómo llegar al otro de la frontera de aquella ciudad en la que estaba sólo de paso pero en la que tenía que permanecer hasta el momento de la marcha al Norte.

Caminaba con las manos en los bolsillos, resistiéndome a reconocer que estaba solo y que había dejado al Siscu y Daniela y luego a Rachelle sin obtener aparentemente nada a cambio. Las prostitutas me ofrecían sus cuerpos a esa hora de la noche ya por casi nada. Había dejado el calor y afecto de Rachelle por aquellas mujeres que me sonreían con sus dientes de plata y cuyas risas y comentarios soeces resonaban estridentemente en mi mente. No he vuelto nunca en mi vida a sentir la soledad y el abandono que sentí en la ciudad de las ratas, bajo la luz escasa de las últimas luces de neón de los pobres tugurios del placer, el alcohol y el juego que todavía quedaban abiertos.

Me dirigía hacia la calle donde el cantinero me había dado la referencia para mi cruce de la frontera. En aquel paraje ya no había alumbrado y el hedor de la basura acumulada durante días era abrumador. En una esquina entreví apenas unas sombras que me parecieron unos hombres hablando. Por un momento, pensé en retroceder pero luego pensé que ellos tal vez podrían a ayudarme a encontrar la dirección que buscaba. Cuando llegué a su altura, uno de ellos se dirigió hacia mí levantando la mano amenazadoramente, "párate tú, me gritó, aonde vas, pues". El otro hombre se situó detrás de mí y el que me había hablado empezó a palparme con sus manos por delante y por detrás, "no grites pa que no te pase nada, cabrón", me conminó al tiempo que notaba el pinchazo de una navaja u objeto punzante contra mi cuello, "dónde guardas la plata, vamos, dinos ya o te rajo y te desangras aquí hasta que te pudras."

Yo llevaba poco dinero conmigo, pues lo había dejado oculto en mi bolsa de mano en la pensión y no tenía más que unos billetes y monedas en el bolsillo. Temí por mi vida, pero instintivamente pensé que no iba a ceder y morir desangrado en una calle de aquella ciudad inhóspita. A diferencia de mis atacantes, yo había conocido el combate en el frente y sabía lo que era el miedo a las balas, los obuses y las bombas. Había sobrevivido todo aquello y no estaba dispuesto a perder ahora mi vida en un enfrentamiento fortuito.

Les dije a los dos hombres que todo el dinero que llevaba estaba en mi bolsillo, que era todo suyo y que no quería morir. Uno de ellos metió bruscamente la mano en mi bolsillo apoderándose del dinero que llevaba gritándome, "pinche cabrón, esto no basta, queremos más, hijo de tu madre, dónde lo tienes, gachupín de mierda, danos toda tu plata o te rajo aquí mismo y no se lo cuentas a nadie, dónde piensas tú que estás, esto es Tijuana y aquí se te va a acabar la vida y no vas a volver más a tu puta madre patria", gritaba, mientras me sujetaba el cuello con la mano y seguía con la punta de la navaja apretándome la yugular.

Yo estaba aterrado, jadeante y con la boca abierta, el corazón me pulsaba desbocadamente, toda la sangre se me había subido a las

sienes y la adrenalina me corría todo el cuerpo. El otro hombre me
cogía con ambas manos por la solapa de la guerrera, con los dientes
apretados, con expresión de odio, listo para golpearme. Ni siquiera
en los peores momentos de la guerra me había yo visto tan próximo a
la muerte. Me imaginé desangrándome en el suelo, desconocido,
ignorado de todos, en una calle anónima y olvidada de la ciudad de
las ratas. Siguieron unos instantes que se prolongaron interminable-
mente y en ese tiempo me acordé de Daniela, el Siscu y Rachelle, en
frenética sucesión, "¿dónde está tu plata, maricón? –gritaba el otro
atacante–, habla o te rajo ya, vamos, hijo de la gran chingada…"

Me daba por muerto y la misma inminencia de la muerte me
dio el impulso para actuar con celeridad y rápida improvisación. Con
la rodilla le di un golpe seco al que me agarraba por la solapa y, al
mismo tiempo, en una reacción instintiva e instantánea, le di con el
codo en el estómago al atacante de la navaja. Empleé una fuerza que
no sabía poseía en mí. Fue un golpe asestado por sorpresa y que hizo
que la navaja le cayera al suelo a mi atacante y que yo pudiera recoger su arma. En ese momento tenía que haber corrido y haber escapado inmediatamente de allí. Debía haber huido, pero no lo hice, tal
vez porque intuí que aquella era la ciudad de la impunidad y que la
policía a esa hora ya no estaría de servicio y que, aunque lo hubiera
estado, no se hubieran ocupado de un extranjero sin medios como
yo, un miserable del que no podían obtener nada, un gachupín de
mierda, que se vaya a su país, la madre patria de la mierda y por ello
actué quizás y al que estaba en el suelo retorciéndose le di otro golpe
con el pie en el bajo vientre gritándole, "cabrón de mierda tú," y uti-
licé el desconcierto de los dos, el que no esperaran mi reacción para,
con la navaja en la mano, dirigirme a ellos, gritando, yo todo instin-
to, la sangre burbujeando febrilmente en mis venas, "no os acerquéis
más a mí, porque os mato, os juro que os mato, cabrones", y, presa de
pánico y euforia al mismo tiempo, empecé a correr con la navaja en
la mano, mientras los dos hombres, atemorizados por mi actitud,
yacían inmóviles en el suelo.

No volví la vista atrás hasta llegar a la avenida principal donde los últimos clientes de los locales nocturnos paseaban, tambaleándose, su embriaguez. Había salvado momentáneamente la vida pero sabía que era un hombre marcado y que, si permanecía allí, mi vida estaba en peligro. Contaba con poco tiempo. Tenía que marchar de aquella ciudad siniestra antes de que mis agresores me descubrieran y me hicieran pagar mi atrevimiento al desafiarlos en su propio territorio.

Seguí caminando apresuradamente volviendo con frecuencia la vista atrás hasta llegar a la puerta de lo que parecía un hotel o casino. La luz y los grupos nutridos de gente eran un entorno seguro para mí. Ocultando la navaja, entré en el vestíbulo del local, mirando con discreción a todos lados. Nadie me seguía. Apreté la navaja con la mano en el bolsillo del pantalón. No podía desprenderme de aquella arma improvisada ya que podía necesitarla en el futuro. Me paseé por las salas del casino con la mayor naturalidad posible pues no quería levantar sospechas. Me acercaba a las mesas de juego observando con atención, y decidí, para disimular, jugarme el dinero que había preservado a riesgo de mi vida. Fui afortunado y, en un par de manos, doblé mis apuestas, lo que me permitió seguir jugando con bastante fortuna.

Mientras jugaba, miraba desconfiadamente a mi alrededor, temiendo que estuviera allí alguno de mis perseguidores. Con considerable alivio imaginaba que, de todos modos, mientras siguiera allí no podían atacarme. Mi salvación estaba en una casa de juego. Nunca en mi vida había estado en un casino antes y me asombraba que precisamente de un lugar como aquél dependiera la continuidad de mi vida. Yo miraba a los circunstantes que, como se correspondía a la ciudad abigarrada que es Tijuana, eran de diferente condición y en su mayoría eran americanos venidos a gozar de la libertad del alcohol y la prostitución que no poseían en su país, fumando puros y bebiendo tequila y mescal sin medida. Había allí mujeres a la búsqueda de la aventura exótica en la tierra de los excesos que bebían, reían y se comportaban con la soltura y libertad que no podían disfrutar en sus medios reprimidos. Yo los miraba con curiosidad y sorpresa, no entendiendo cómo aquellos seres volátiles y frívolos podían ser compatibles con mi idea del país de las libertades en el que yo había decidido establecerme en búsqueda de las posibilidades que mi propio país no me ofrecía.

Me movía entre las mesas habiendo guardado en un bolsillo la cantidad de dinero con la que había iniciado el juego y que había decidido no iba a tocar bajo ninguna circunstancia. A veces me detenía con mis fichas en una de las mesas y observaba sin prisa, dejando transcurrir el tiempo, sabiendo que cuanto más tiempo estuviera allí más aumentaban mis posibilidades de escapatoria. Seguí teniendo suerte. Las fichas de mis ganancias se iban acumulando y empecé a canjearlas por dólares, dinero que iba a necesitar para mis planes de viaje al otro lado de la frontera.

Pronto aprendí una de las reglas del juego. A los ganadores les sigue una corte de acólitos que esperan contagiarse de su suerte para sus propias apuestas. Yo me dejaba rodear de cuantas más personas fuera posible, lo importante era no estar solo. Nadie más que yo sabía que mis espectadores eran la garantía de vida de un hombre perseguido por las bandas de aquella infernal ciudad de la muerte en la que muchos estaban destinados a perder la vida.

La vida de un casino, averigüé esa noche, alcanza su máximo nivel de intensidad justo cuando la vida en el exterior está en su punto de mayor quietud e inoperancia. Yo era allí un extraño con fortuna que se beneficiaba de unas circunstancias favorables. A mi lado en una de las mesas con ruleta, se había sentado una mujer de mediana edad, rubia y de cabello largo y ondulado. Estaba sola y, mientras movía sus fichas, entabló una conversación conmigo y me dijo, en un spanglish divertido pero comprensible, que ella venía a Tijuana por las corridas de toros, que eran su pasión, el juego no le interesaba más que por su aspecto social, ya que le permitía encontrarse con gente diferente de la habitual. Vivía en Los Angeles y me invitó a que, cuando fuera a aquella ciudad, fuera a verla, "*you'll love it*, verrás, mucho diversión, playas, cine, fiestas, un *paradiso*", me decía bebiendo de su copa de tequila y mirándome fascinada y apretándome fuertemente la mano antes de cada jugada para conferirle suerte y confianza como si de mí emanaran las claves secretas del juego.

Aparentemente algo de razón llevaba en su apreciación de mí pues yo, sin saber muy bien la manera, había acumulado ya más de doscientos dólares en ganancias, lo que para mí era una pequeña fortuna que, entre otras cosas, podía asegurarme el paso de la frontera para pagar a los coyotes.

A mi imprevista compañera le encantaba hablar. Me dijo que se llamaba Peggy, que había nacido en Canadá, en Vancúver, pero que luego había ido a vivir con su familia a Dénver y luego ya de mayor había venido a California. Estaba feliz y radiante en aquella ciudad que le era familiar y en la que había estado numerosas veces, me decía, para olvidarse del *rat´s race*, la dureza de su trabajo en los estudios de cine en Los Angeles. Se colgaba de mi brazo mientras íbamos de una mesa a otra, riéndose con sus dientes blancos e impecables que me maravillaban a la par que me miraba con una mirada intensa de complicidad y deseo.

Peggy era mi salvación, una escapatoria para evadir la muerte, y me aferraba a ella. Jugamos y bebimos hasta muy tarde. Yo ya le había confesado que no podía salir solo del local ya que mi vida peligraba fuera de allí. Los dos seguíamos ganando. Ella me aseguraba que nunca había tenido tanta suerte en el juego como desde que estaba conmigo, y que yo era la mayor bendición que había tenido en su vida de jugadora. Me recordaba los fotos que yo había visto de Jean Harlow, con su ondulada cabellera rubio platino, Peggy era mi ángel bueno de Hollywood, que venía a redimirme, mi benefactora arribada del norte para extraerme de las garras de mis enemigos que, en ese mismo instante, estarían merodeando fuera por las calles tenebrosas de la ciudad del fango y la muerte.

Las salas del casino se habían ido vaciando y sólo quedaban allí los últimos jugadores empedernidos que no abandonarían el local más que cuando la mala fortuna les hubiera desvalijado de sus últimas posesiones y aquel oasis en el centro de la miseria los regurgitara fuera de su vientre insaciable.

Salimos a la terraza y nos tumbamos en unas *chaises longues*. Era una noche apacible de cielo estrellado que invitaba al descanso. El contraste entre lo que me rodeaba y mi situación personal era devastador. Me sentía exhausto y cerré los ojos abrumado por la fatiga y la tensión de mi estancia en aquella ciudad y por la incertidumbre absoluta de mi vida desde que dejé mi país. Al mismo tiempo, no podía dormirme en aquella silla mullida y cómoda porque sabía que el relajarme podía equivaler a mi muerte. Por ello, cuando Peggy se levantó de su silla y me besó cariñosamente en la mejilla, me sentí aliviado porque no estaba solo y existía alguien a quien parecía interesarle mi vida. Puse mis brazos alrededor de su cintura y la estreché contra mí. "Gracias por estar conmigo –le dije, conmovido–. No muchas personas querrían estar conmigo en mis circunstancias".

La primera claridad del nuevo día emergía por encima de las palmeras del hotel. Jean Harlow me abrazaba contra ella y me besaba con la pasión del amanecer, el alcohol y el juego mientras la ciudad se desperezaba y yo, recién llegado e intruso en ella, me aprestaba a sortear sus renovados ataques contra mí. Notamos el primer frío de la mañana en la terraza y ella, sin decirme nada, me tomó de la mano y me llevó hacia el hall principal que había quedado desierto.

Yo era un pobre hombre sin recursos, sin oficio ni beneficio, y mi única virtud era precisamente el no poseer ni ser nada, un espacio vacío y en blanco que aquella mujer podía rellenar a su gusto. En el ascensor que nos subió a su habitación, ella volvió a besarme, esta vez en la boca, y el contacto de sus labios contra los míos me dio renovadas fuerzas. "No te preocupes por nada –me dijo sonriendo tranquilizadoramente–. Tú eres mi dios de la fortuna y yo voy a ser tu ángel guardián. Tú me das suerte en el juego y yo te salvo la vida en esta ciudad de la perversión y el vicio. Nos ayudamos el uno al otro, así que no tienes que sentirte culpable por nada".

Su habitación me dejó boquiabierto. Nunca había visto una habitación tan grande y lujosa en mi vida. Ni siquiera en el cine. Era una *suite* inmensa con suelos de mármol blanco, lámparas de bronce y cortinajes rojos. Tenía ventana con balcón y una cama majestuosa

con dosel. Cuando me encontré entre las burbujas del agua caliente
de la bañera pensé que tal vez aquello era sólo un sueño que no sabía
si me estaba ocurriendo realmente a mí. Y mientras ella me acariciaba la espalda con una crema suavizante que me evocaba el ambiente
sensual y decadente de los harenes de los jeques árabes que yo había
imaginado en los relatos de *Las mil y una noches*, pensé que fuera, más
allá de las paredes aterciopeladas de aquel recinto exclusivo y único,
continuaba el caos, y el hedor y la suciedad abrumadoras seguirían
señoreando entre los montones de la basura putrefacta.

Peggy era buena, tierna y sentimental y, cuando ya era de día
por completo, cedí al sueño y me dormí, contra mi voluntad, en sus
brazos generosos y maternales, exhausto, a merced del mundo en la
beatitud del sueño. Peggy durmió abrazada a mí, bajo las sábanas de
seda y el ambiente perfumado, dos seres perseguidos, yo por mis ven-
gadores, ella por su soledad, unidos por la desesperación y el miedo.

Dormí profundamente y como hacía tiempo que no podía
hacerlo, absolutamente agotado tanto física como mentalmente.
Cuando me desperté, tenía la comida preparada en una mesita de
ruedas junto a la cama en una bandeja con champaña, mariscos y
una cesta de frutas exóticas que yo no había visto nunca en mi vida y
cuyos nombres desconocía: mango, papaya, nopal –me reveló Peggy,
sonriente– y una bebida hecha con tequila y lima que me dijo se llamaba margarita y venía servida en una copa cúbica con los bordes
rociados con sal. Allí, desnudo bajo las sábanas, me sentía lejos de los
peligros y la inseguridad que me acechaban fuera de aquel recinto
benéfico.

Peggy me miraba comer sin proferir palabra. Yo no había comi-
do nunca tan suculentamente. Peggy, en su bata de seda floreada,
serena y relajada, estaba sentada en un sofá observándome a mí, un
jugador de ocasión, ganador con suerte, al que ella se había aferrado
porque también, de alguna manera, era su propia tabla de salvación.
Yo me sentía revitalizado, como si se me hubiera concedido una tre-
gua inesperada a la espera del próximo ataque que a buen seguro me
deparaba el futuro. Me negaba a recordar y revivir el miedo de la

noche anterior. En ese momento sólo sabía que estaba allí con Peggy y que no saldría de aquel hotel más que con ella cogida del brazo.

Después de nuestro baño y comida en su regia habitación, bajamos de nuevo a la sala de juego. La vida en un casino varía en sus ritmos internos a lo largo del día, pero el propósito de todo casino es mantener una apariencia de autosuficiencia y autonomía absolutas y crear así un simulacro de normalidad total, una estabilidad a toda prueba, como si el mundo real, creíble y fiable, fuera el del casino y el que queda en el exterior fuera sólo un molesto recuerdo del que hay que prescindir. Esa dicotomía se acomodaba a mis necesidades. Me paseaba con aquella conocedora asidua del lugar que estaba familiarizada con todos sus recovecos más mínimos y secretos y me introducía en las salas para los clientes especiales para llevarme después de la mano a la sala de las máquinas de juego, paseándonos luego por el bar, y la cancha de jailai donde se celebraban partidas de cesta punta y se aceptaban apuestas.

Peggy me había dicho que tenía entradas para una de las corridas de toros que se celebran en la ciudad y que reúnen un público amplio que procede tanto de Tijuana como de los visitantes del norte. Jugamos de nuevo, ganando con frecuencia, ya que la suerte parecía no abandonarme nunca. Peggy se había convertido ahora en una cómplice de mi situación, dispuesta a salvarme de cualquier peligro. Me prestó una chaqueta y gafas oscuras y con ese disfraz salimos por la puerta trasera del hotel y allí cogimos un taxi que nos llevó a la plaza.

A mí no me han gustado nunca los toros y sólo había estado una vez en una corrida con mi padre cuando era niño. Me daba cuenta de que progresivamente, con mi marcha, mi vida había dejado de pertenecerme por completo. Estaba en un lugar donde realmente no quería estar, con alguien que era compasivo pero con quien no parecía unirme nada en particular. Tuve en ese momento una intuición dolorosamente aguda del destino del desterrado, del que no tiene nada suyo y no puede reconocerse en su medio más que a través de los precarios signos prestados que los demás quieran darle. Toda mi vida posterior estaría destinada a ser la búsqueda de unos

signos propios dentro del marasmo de los signos de los demás. Una
desazón y angustia profundas se apoderaron de mí.

Peggy seguía con precisión las instrucciones que yo le daba. Le
habíamos indicado al taxista que eludiera las calles principales y nos
llevó por calles laterales sin asfaltar en las que el coche saltaba por
entre los baches y socavones. La penuria de aquella urbe de la frontera me abrumó: edificios dilapidados, niños descalzos hozando en
la basura y el barro. *Los olvidados.* Peggy me dijo que venía allí cuando se hartaba del orden y limpieza asépticas del sur de California
donde se asfixiaba con vecinos con los que sólo podía hablar del ver-
dor de su césped y el maravilloso cielo azul. "Tijuana –exclamó– vive,
vive desgarrada en el abandono pero vive de verdad, vibrando de
emoción y pasión y esa vida me llena a mí de vitalidad y de ganas de
seguir viviendo".

Yo no comprendía cómo aquella mujer sensible y compasiva
podía apasionarse por lo que a mí me parecía el espectáculo de violencia y muerte de las corridas. No le gustaba Hemingway, por entonces en la cima de su popularidad, y su ostentoso masculinismo le parecía lamentable. Su afición por las corridas era una especie de discipli-
na –decía– a la que ella misma se sometía para superar las limitaciones de su medio, disciplinado y perfecto, pero estéril. La sangre, los
gritos, la suciedad, el peligro eran una compensación para el orden
atrofiante de su vida de mujer favorecida por un destino benévolo
pero frío y sin emociones. Ella se abrazaba a mí entre el clamor de la
multitud que jaleaba, enfervorizada, los lances de los toreros. Yo miraba con sospecha a mi alrededor para comprobar si estaban allí mis
perseguidores entre la multitud que gritaba y aplaudía frenéticamente. Yo, que no apreciaba aquel espectáculo, me veía a mí mismo gritando, gesticulando para que no se notara que era un extraño, que no
era de allí, para no destacar entre el público y para que, si mis perseguidores estaban en la plaza, no advirtieran mi presencia.

Le había dicho que prefería no pasearme por la calle por
temor, así que, al acabar la corrida, Peggy me llevó en taxi hasta una
tienda de ropa. Allí compramos unos pantalones, chaqueta y camisa.

Me miré en el espejo y pude comprobar que realmente estaba desconocido. Peggy aprobaba con un movimiento aquiescente de la cabeza. "Nadie va a reconocerte, *don´t worry*. Puedes estar tranquilo –me decía, sonriendo–. Está usted muy elegante, se parece a Carlos Gardel," me elogiaba el dueño del establecimiento, mientras me probaba los pantalones, "parece usted una persona nueva".

Salimos a la calle, yo con mi atuendo nuevo y sombrero, y no pudimos encontrar ningún taxi, así que caminamos hasta el hotel. Habíamos decidido partir de aquella ciudad hacia Los Angeles lo antes posible. Yo quería llegar al otro lado de la frontera con la mayor urgencia y Peggy había resuelto acortar su estancia en la ciudad y ayudarme en el paso de la frontera. Tijuana era, como para todos, un punto de tránsito hacia otro lugar, una tierra de nadie, una ciudad de aquí y allí, sin identidad definida, sin alma, de donde no había más opción que la escapatoria.

Anduvimos abrazados por las calles despobladas y oscuras. Peggy como redentora que quiere ayudar al necesitado y yo en sus manos. Estar por mi cuenta allí era la muerte. No podía salir de aquella ciudad más que hacia el norte y era con aquella mujer maternal y compasiva que estaba dispuesta a arriesgarlo todo por mí, un pobre necesitado que no tenía más opciones que ella misma.

Era ya noche cerrada y presentía que nos seguían sombras en la noche. Las calles habían quedado vacías y yo iba girando obsesivamente la vista hacia atrás para asegurarme de que no nos seguía nadie. Las calles sin pavimento, los olores de las aguas sucias y estancadas, los humos que salían de los tugurios malolientes, el ambiente extraño, la creciente oscuridad, los ruidos de los carros que se retiraban hacia las lomas que rodean la ciudad, todo aumentaba mi angustia y sensación de inseguridad y abandono sin que yo pudiera hacer nada al respecto. Sólo me quedaba Peggy que me confortaba diciéndome que había estado varias veces en aquellas calles sin que la asaltaran nunca. Incluso había tenido en Tijuana un amante hondureño con el que se veía con frecuencia hasta que finalmente él se había marchado desapareciendo para siempre. Aquella era una mujer

segura y sonriente, un tipo de ser humano que nunca había conocido antes y que me inspiraba confianza, "no te preocupes, chico –me
decía reconfortante–, todo irá bien, ya verás, estás bajo mi protec-
ción, me caes bien, date cuenta que los americanos tenemos alma de
redentores y yo quiero salvarte de Franco, de tus perseguidores asesi-
nos y de la inmigración. Y lo vamos a conseguir, *calm down, OK?*".

Me llevó a un pequeño restaurante en el sótano de un edificio y
comimos una comida extraña hecha de masa de maíz que llamaban
tortillas y que no guardaba ninguna relación con la comida del
mismo nombre que yo conocía en España. En la penumbra de un
rincón del local, unos músicos tocaban música de acordeón y violín,
entonando letras de canciones de amores desolados. "Aquí he tenido los mejores amores de mi vida, sabiendo siempre que no tenían
nunca la menor posibilidad de progresar y llegar a nada, pero aquí
me he enamorado de verdad. Una vez tuve incluso una relación con
un torero y lo seguí de plaza en plaza por todo México hasta que se
cansó de mí y me dejó por otra mujer", me susurró Peggy al oído
mientras un dúo de músicos nos cantaba a nosotros dos, en frente de
nuestra mesa, un corrido de un bandido desesperado perseguido
por los federales hasta la muerte en el desierto de Arizona, "éste es
un pueblo valiente y digno, que nosotros los gringos menospreciá-
mos sin darnos cuenta de que vale más que nosotros mismos porque
sufre y porque tiene creencias apasionadas y profundas".

El local se había ido llenando y, por primera vez desde mi llegada al nuevo continente, me sentí acogido por el medio humano en el
que me hallaba. Me veía rodeado de gente que no me miraba con
sospecha y yo les notaba en la mirada que me aceptaban entre ellos.
Los músicos nos sonreían a Peggy y a mí y nos ofrecían sus canciones
y palabras de amistad. Había logrado olvidarme de mis perseguidores y por primera vez no sentía miedo en mucho tiempo. Confiaba
en que Peggy me pasaría al otro lado de la frontera y yo podría empezar allí una vida diferente. Ella era una mujer con una mirada dulce
completamente desacostumbrada para mí en la que se advertía la
sabiduría de una persona que ha querido hacer de su vida algo dife-

rente de otras mujeres. Me dijo que por eso no había querido casarse y tener hijos, aunque a veces lamentaba no haberlo hecho hasta ese momento en que ya era demasiado tarde para ello.

En el contexto de la música dulzona de los violines y el acordeón me contó que había creído en el amor apasionadamente pero que el balance no había sido totalmente positivo. "Las aventuras te dejan al final sin demasiadas cosas entre las manos más que recuerdos y muchos no buenos", me decía con tristeza. Había encontrado en Gertrude Stein y Virginia Woolf –unos nombres que yo aprendería a apreciar mucho más tarde– la inspiración para su realización personal al margen de un mundo dominado por los hombres, pero ella, a pesar de todo, seguía creyendo en la fuerza de la pasión y el amor.

Durante un descanso, dos de los músicos se sentaron con nosotros. Peggy les invitó a una ronda de margaritas y ellos nos dedicaron música de corrido. Se maravillaron de mi acento español que detectaron de inmediato y que dijeron apreciar a pesar de que en México, según averiguaría más adelante, la condición de español es percibida con resquemor y ambivalencia. Nos dijeron que no eran de la ciudad, llevaban allí poco tiempo, actuando en restaurantes y en celebraciones especiales como bodas y bautizos. Habían estado también en la corrida de toros, donde habían conseguido algún dinero y después del restaurante irían a la zona del casino donde había un público predispuesto a una fácil dadivosidad. Les relaté a los músicos el episodio de mi asalto y persecución y ellos me dijeron que esos incidentes eran habituales en Tijuana, pero que en el casino estaría seguro ya que mis perseguidores no se atreverían a entrar allí.

Terminada la cena, Peggy me preguntó si quería pasar al salón de baile que estaba contiguo a la sala del restaurante, pero yo le dije que no sabía bailar, "no importa –me contestó ella– yo te enseñaré" y me dejé llevar de la mano hacia la semioscuridad del salón contiguo, notando que Peggy me ponía el brazo alrededor de la cintura y me apretaba contra su cuerpo. Yo había bailado sólo muy pocas veces en mi vida, pero me dejé llevar bajo el susurro de sus palabras que me decían que me olvidara de todo por unas horas, que todo corría de su cuenta, dejarse llevar era lo más fácil, mi viaje en barco había sido largo y había recorrido penosamente el país hasta llegar allí en autobús, mi único propósito era llegar a algún punto de destino y aquella mujer bella y segura de sí misma me ofrecía una posibilidad de futuro a mí que no lo tenía en absoluto.

Al son de la música del acordeón se me aparecían en la mente las luces del puerto de Marsella entre la niebla y el amanecer del nuevo día. Peggy había juntado su cuerpo al mío y bailaba con destreza y soltura y yo iba abandonando poco a poco la rigidez y me iba sintiendo inmerso en la música y el calor de sus brazos que me estrechaban cada vez más fuertemente como si aquel fuera un abrazo para siempre, "en Los Angeles nos pasearemos por Broadway y te llevaré a Santa Mónica y al barrio mexicano y Hollywood, ya no querrás volver a tu país, ya verás, yo vengo de Dénver donde hace un frío terrible y en California no hace nunca frío, siempre hace sol, todo el año", palabras bellas y reconfortantes en aquel local humilde con olor a tequila, aguacate y lima, en el que la gente sonreía moviéndose al ritmo de un danzón tristón y lacrimógeno. Nos movíamos por el suelo encerado sabiendo que aquella paz y dicha no podía durar mucho tiempo, que podían arrestarme al cruzar la frontera y tal vez ya no volveríamos a vernos más. La música seguía ahora con una de esas canciones populares mexicanas llenas de traiciones y engaños irremediables e infinitos, y yo, por encima de mi inseguridad, volví a sentirme momentáneamente dichoso, había eludido el peligro, sus labios se apretaron contra los míos y su lengua, cálida y jugosa con sabor todavía a la tequila agridulce de las margaritas, penetró dentro de mi boca. Notaba que con aquellos besos me alejaba, contra mis deseos, de Daniela a la que quería todavía, un amor pasión que yo sabía no podía repetir con Peggy y me sentía culpable y me odiaba por ello, pero tenía que olvidar mis pensamientos y debía dejarme llevar por la música del bolero para cerrar los últimos recovecos de mi memoria, hasta que el dueño del local nos dijo que había llegado la hora del cierre y los músicos tocaron sólo para nosotros las "Mañanitas", que nosotros entonamos también saliendo ya a la calle a la espera de un taxi imposible, con el miedo de nuevo instalado en nuestras vidas, mientras nos apresurábamos en la soledad de la Avenida de la Revolución hasta llegar al hotel. Yo había bebido demasiado y subí las escalinatas cogido del brazo de Peggy, que me decía que había pasado una noche magnífica y no le importaba ser una matrona conmigo, una *supermom* con aquel extranjero vulnerable y tierno en el que ella iba depositar las últimas reservas de su desprendimiento y entrega.

Al llegar a la habitación del hotel, me dijo que me daría un baño de sales antes de acostarnos. Yo estaba exhausto pero quería complacerla en todo. Entré en el baño de suelo y paredes de mármol blanco como el intruso que entra en un palacio suntuoso sabiendo que no tiene derecho a estar en él. La culpabilidad se adueñó de mí de nuevo. Aquel lugar me era totalmente ajeno, no me correspondía estar allí pero nadie podía ayudarme ya a salir de allí y no había marcha atrás. El chorro de agua caliente bajaba con fuerza y las burbujas se amontonaban sobre la superficie de la bañera cubriendo mi cuerpo por completo.

Abandonarse y partir. Sumergí la cabeza en el agua y aguanté la respiración por largo tiempo para perder la conciencia y olvidarme de todo, pedí perdón por mis culpas, por estar en aquel lugar no hecho para mí, por haber abandonado a Daniela y el Siscu sin posibilidad de hacer nada por ellos ni por mi ciudad ni por todo aquello en lo que había creído. Me había convertido en una persona que dependía de otra por completo y mi vida había descendido al nivel de la mera supervivencia y el vivir estrictamente al día, acosado, perseguido, estaba persuadido que me había equivocado y no me quedaba ya la posibilidad de rectificación.

El agua presionaba contra mis sienes y mis ojos y noté que los oídos iban a estallarme. Se me estaba acabando el aire que me quedaba en los pulmones, y, a pesar de todo, seguía allí debajo sin querer salir a la superficie, buscando un fin a mi insostenible situación hasta que noté unas manos que con fuerza me cogían de los hom-

bros y me levantaban con violencia, "*what the hell are you doing?* –gritaba Peggy–, estás loco, nos vamos a Los Angeles a que empieces de
nuevo, eres muy joven todavía, no como yo, puedes empezarlo todo,
California es el mundo de las oportunidades para la gente como tú",
me increpaba mientras me cogía la cabeza frenéticamente con las
manos. No quería escucharla porque ella en ese momento era más
fuerte que yo y me gritaba que viviera, que ella iba a sacarme de todas
las dificultades, que iba a ayudarme, *do you understand? I am going to
help you,* y que se había comprometido a pasarme a su país y que allí
todo iba a cambiar para mí.

Sus manos apretaban fuertemente mi cara, gritaba, me abrazaba, llorando por mí, había alguien en aquel país que se preocupaba
por mi vida, alguien a quien le interesaba mi suerte y quería hacer
algo por mí. Peggy había abierto el desagüe de la bañera y secaba con
la toalla mi cuerpo desnudo. Yo no podía levantarme siquiera, me
temblaban los dientes, las manos, las piernas de frío y de miedo, pero
las manos suaves y benévolas de Peggy me acariciaban susurrándome
dulcemente al oído que iba a estar conmigo y que íbamos a pasar la
frontera, estaba segura, la maldita migra no iba a descubrirnos, ya
verás, iba a pedir champaña y caviar para celebrar nuestro viaje al
norte, estaba segura de que todo iba a salir bien, *my dear little Spaniard,*
todo irá bien, *you'll see,* descubriremos Los Angeles juntos y te voy a
introducir en Hollywood, me decía, mientras me secaba el pelo con la
mullida toalla blanca y me ayudaba a salir de la bañera, yo vacilante,
titubeando, apoyándome en ella, casi llorando, pero al mismo tiempo
creyendo de nuevo que iba a salir de todo aquello, que aquella nueva
Gea iba a sacarme de la ciudad de las ratas antes de que devoraran
pedazo a pedazo todos los miembros de mi cuerpo, los dedos, las
manos, los brazos, las piernas, dentellada a dentellada, lejos de aquel
ámbito aciago donde alguien seguía acechando para terminar con mi
vida, la lucha no había hecho más que empezar, había tocado fondo
decía ella y a partir de ahora todo iba cambiar.

Tomé un vaso de zumo con unas pastillas que Peggy me dio y
me eché en la cama. Dormí largo tiempo, Peggy a mi lado siempre,

me dijo al despertar, angustiada, susurrándome al oído que me quería y que no iba a abandonarme, que viviera por ella sino por mí mismo. No había querido llamar a un médico por temor a que investigaran en aquella ciudad de la corrupción y el miedo en donde ella era sólo una extranjera. Hizo que trajeran comida a la habitación y no se movió de mi lado ya que temía las consecuencias de lo que yo pudiera hacer. Aquel día aprendí una lección que no olvidaría más. No me dejaría llevar por los impulsos del momento e iba a confiar en mí mismo y en los demás que, como Peggy, creían en mí. La ciudad del fango me había abrumado temporalmente, agravando mi soledad y abandono, pero contaba con Peggy y ella me iba a conducir en mi salida de aquel laberinto maldito.

Insistí en que quería bajar al casino y probar mi suerte de nuevo. Le dije a Peggy que creía en augurios y que a un episodio desfavorable debía seguirle otro más favorable. Me sentía avergonzado de mí mismo, de mi dependencia de aquel ser dedicado y generoso que creía en mí por encima de todas las circunstancias y señales contrarias. Bajamos en el ascensor, yo apoyado en el brazo de Peggy como el convaleciente de una enfermedad que se aventura finalmente a su primera salida fuera de su habitación de enfermo y respira el aire libre después de largas semanas de internamiento. "No te preocupes –me había alentado Peggy–, aquí nadie te conoce, nadie sabe lo que ha pasado, estoy segura de que tendremos suerte otra vez y nos irá bien en el juego".

Llegamos al salón principal que estaba lleno de público animado y completamente indiferente a mí. Esa indiferencia, el que nadie se ocupara de mi presencia, el que no existiera para ellos, todo ello me hizo recobrar la seguridad. A Peggy sí la miraban, se había puesto radiante como nunca, estaba bellísima, con su pelo rubio, sedoso y ondulado como el de una artista de cine, como Rita Hayworth, Marlene Dietrich o Ava Gardner, aquella mujer maravillosa, bella y buena, que estaba a mi lado, que no sentía vergüenza de un hombre como yo, cogida de mi brazo, yo más joven que ella, tal vez su hijo pensarían algunos, un hombre que junto a ella iba a recuperar lo que había perdido hasta ese momento ya que ella era capaz de arriesgarse por mí hasta las últimas consecuencias.

Jugamos a la ruleta, ganamos y perdimos y volvimos a ganar otra vez y luego jugamos al veintiuno y ganamos de nuevo, "es el destino –exclamaba sonriente Peggy–, el destino que nos sonríe después de haber tocado la muerte muy de cerca". Seguimos jugando y luego salimos al jardín del casino y, sentados bajo un magnolio frondoso, ella me besó, temblando, con miedo y pasión al mismo tiempo y me dijo que temía que empezaba a enamorarse de mí, que al principio sólo se había apiadado de mí pero que ahora se sentía necesaria y útil a mi lado, como hacía tiempo que no lo hacía junto a nadie. Volvimos a jugar hasta que amaneció y yo me había olvidado ya de mis perseguidores y, de regreso a la habitación, nos hicimos servir el desayuno en la cama y acordamos que ese mismo día íbamos a pasar la frontera en su coche, ya entrada la noche cuando el servicio de inmigración es menos riguroso, pensaba ella.

Yo aceptaba lo que Peggy me decía, me había salvado la vida, estaba en sus manos, unas manos tiernas y sabias que me acariciaban y me daban fe y fuerza, mientras desayunábamos al amanecer y ella me desabotonaba la camisa y me sacaba los pantalones y luego se desnudaba ella misma y yo sentía junto a mí su cuerpo que había sido perfecto hacía tiempo y conservaba todavía el atractivo del pasado. Peggy parecía una estrella de cine a la que los años no habían devastado implacablemente como ocurre con tantas actrices que no saben envejecer, como Lana Turner, Bette Davis o Greta Garbo. Peggy estaba entre mis brazos, aquella mujer de la ciudad del cine, y yo en sus brazos de Gea acogedora y bella.

Yo succionaba sus pechos como un niño que no quiere escapar del útero materno y se niega a enfrentarse con el entorno exterior hostil. Me acurruqué en sus brazos y me acarició el pelo, el pecho, los brazos, las piernas, con compasión y ternura, mientras me susurraba palabras de amor al oído. Fui recuperando mis fuerzas y mi deseo e hicimos el amor varias veces, ella en el papel de dominadora, yo de discípulo y continuador de su sabiduría. Me besó por todo el cuerpo, yo pasivo como no lo había sido nunca antes, entregado a sus brazos de reina del amor, mientras por las ventanas entraban los rayos del sol de la mañana y la camarera nos dejaba champán frío en el vestíbulo de la habitación. Aquello era mi entrada en Los Angeles, antes incluso de cruzar la frontera, la misma ciudad de las ratas, que me había acogido de manera implacable al principio, me ofrecía la apertura a un mundo nuevo guiado por aquella mujer divina y excepcional que iba a abrir mi vida a un horizonte ni siquiera entrevisto antes.

Ya de noche, después de haber dormido toda la tarde en el hotel, bajamos los equipajes y esperamos en el vestíbulo la llegada de su Ford negro. En esa época, la frontera de Tijuana no era todavía el lugar sombrío y aborrecido en que se convertiría después. Yo tenía miedo pues sabía que, si me descubrían, me deportarían y ya no me sería posible volver a entrar en el país nunca más. Peggy me había dicho que me afeitara y acicalara para que tuviera una apariencia más normal y pudiera pasar como un turista por entre los agentes de inmigración. Me puse la ropa que había comprado con Peggy y adopté la expresión facial más serena que pude asegurándole a Peggy que no proferiría una palabra a no ser que fuera absolutamente necesario. "*I'll do the talking*, tú no digas nada, –aseveró ella–, lo importante es que des la impresión que eres un americano más, no te preocupes, he hecho este viaje muchas veces y yo no despierto la menor sospecha entre ellos. A mi lado, te dejarán pasar, ya verás".

En el hotel se despidieron de Peggy con gran amabilidad y le dijeron, entre sonrisas y parabienes, que esperaban verla allí pronto de nuevo. A mí me trataron también con grandes atenciones por asociación con ella. Con Peggy escapaba de aquella ciudad de tránsito, inhóspita y hosca, lugar de crimen, juego y cambalache donde hubiera podido perder la vida. Había burlado definitivamente a mis perseguidores y me dije a mí mismo que, si salía vivo de aquella situación, no volvería a entrar en aquella ciudad que, desde entonces, siempre he asociado obsesivamente con el fango, el hedor y el imperio de las ratas feroces que imponían su dominio y campaban libremente sin que nadie les interrumpiera su camino.

Salimos del hotel y enfilamos por la Avenida de la Revolución que estaba, como siempre, llena de turistas ebrios y sin rumbo. Nos metimos en unas calles oscuras y tristes, llenas de baches, hasta que al final vimos los edificios y la barrera divisoria entre los dos países. A la vista de las torres de observación a mí se me encogió el corazón de miedo y angustia. Sabía que, si me descubrían, estaba condenado a que me devolvieran a España, me deportarían a mi país de origen, no a México y eso equivaldría a regresar con las manos vacías, sin la posibilidad ya de salir de nuevo. Aunque procuraba mantener la apariencia de serenidad e intentaba que no se advirtiera mi angustia interior, tal como Peggy me había pedido, estaba muy nervioso y tenía miedo.

En la fila de espera, los automóviles y autobuses se acumulaban delante de nosotros. A algunos los paraban y los sometían a interrogatorio. Vimos cómo a los pasajeros de una furgoneta los hacían bajar del vehículo y los registraban meticulosamente a ellos y su equipaje. Peggy insistía en que no debíamos preocuparnos. "Ni tú ni yo damos el perfil que ellos buscan –me tranquilizaba–, no parecemos ni traficantes ni criminales".

Nuestra cola avanzaba lentamente y, cuando llegó nuestro turno, Peggy bajó la ventanilla del coche y el agente le preguntó adónde nos dirigíamos. Ella le contestó que habíamos ido a pasar unos días de vacaciones y que regresábamos a Los Angeles. El agente miró dentro del coche con displicencia, como si de verdad no le interesáramos y, sin reparar casi en mi presencia ni en nada de lo que había en el interior, nos dijo cortésmente que podíamos seguir adelante.

Durante todo ese tiempo, yo me mantuve inmóvil, con la certeza de saber que, si me hacían proferir cualquier palabra, el policía se daría cuenta de que yo era un extranjero. Pero Peggy supo adoptar la actitud apropiada y el agente no sospechó ni de ella, residente genuina de la ciudad de Los Angeles, ni de mí que podía ser tal vez su hijo o sobrino. Cuando el automóvil pasó el puesto de vigilancia y avanzábamos ya por la carretera que bordea la costa del Pacífico rumbo al norte y nos cercioramos de que no nos seguía nadie y que de verdad estábamos libres en California, rumbo a Los Angeles, los dos dimos un grito de júbilo:

–*We made it* –exclamó ella–, te lo dije, ¿ves?, pasamos sin el menor problema. Has pasado como el gringo perfecto, el americano más auténtico que nunca haya existido, y ahora aquí estamos ya a salvo.

–No creí que sería posible –dije emocionado y con los ojos humedecidos–, pero tú, con tu aire californiano y tu gesto intelectual les has convencido. *Thank you, thank you* –agradecí con mi limitadísimo inglés, mientras la abrazaba y la besaba entusiasmado–. Por segunda vez en los últimos dos días me has salvado la vida. Eres extraordinaria, Peggy.

El Ford enfocaba sus potentes faros hacia adelante por una carretera solitaria que bordeaba el mar. Era la primera vez que veía aquel océano inmenso y turbulento y veía sus olas brillar a la luz de la luna llena entre las nubes.

–Este es un mar que nunca está tranquilo, un mar peligroso del que no puedes fiarte nunca –me reveló Peggy.

Yo estaba emocionado porque aquel panorama me anunciaba que realmente estaba en un país nuevo en el que tal vez podría emprender una vida diferente y más libre. Seguimos en silencio hasta que vimos en la distancia las luces de lo que parecía una ciudad grande que se extendía sobre una superficie amplísima, que yo luego aprendería era común en las ciudades americanas.

–San Diego –dijo Peggy señalando con el dedo hacia las luces–. Una ciudad magnífica. Si te parece, como el viaje es todavía largo, podemos pasar la noche aquí y mañana seguimos hacia Los Angeles.

Yo no tenía opinión ni podía tenerla pues no conocía nada absolutamente del nuevo entorno en el que me hallaba. En la oscuridad todo me parecía enorme e igual. Asentí, como iría haciéndolo con frecuencia en aquella relación materno-filial en la que yo no tenía más que una posición posible: aceptar lo que se me daba ya hecho y que tenía que recibir como tal. Poco a poco iría aprendiendo que el destino del extranjero es precisamente aceptar lo ya existente, aprenderlo y asimilarse a él sin muchas oportunidades de modificarlo de manera real.

Nos quedamos en un hotel del *Old Town,* el viejo centro colonial, una mezcla abigarrada de estilos barroco mexicano y español. Después de cenar, nos paseamos por los muelles solitarios del puerto, abrazados, sintiéndome yo amparado y querido por aquella mujer en la que había depositado toda mi confianza. Le conté todo lo que me quedaba por contarle de mi vida, fascinado de que ella me escuchara como si realmente mi vida le pareciera algo decisivo e importante, en lo que ella estaba tan comprometida como yo. Ella era más alta y grande que yo, y yo parecía un chico a su lado, pero a mí no me importaba aquella diferencia. Yo estaba convencido de que, a la llegada a Los Angeles, amaría de verdad a aquella mujer y acabaría entregándome a ella por encima de la diferencia de edad, la lengua y todo lo que podía separarnos [reconstruido a partir del manuscrito de Miguel].

Mi padre me contó que su vida en Los Angeles se caracterizó por la incertidumbre unida a la determinación y la esperanza. Sobre todo en la última fase de su vida fue un hombre especialmente abierto conmigo, que me revelaba los recovecos más recónditos de su pasado porque me decía que ese relato, exhaustivo y sin inhibiciones, era su modo de enfrentarse al tiempo y ganarle alguna batalla a ese monstruo indomable que al final iba a prevalecer en el enfrentamiento.

Mi padre concibió su viaje a América como la aventura más grande de su vida, la que le había definido y determinado al mismo tiempo y me confió que me juzgaba el depositario y transmisor de esa experiencia y de las enseñanzas y consecuencias que pudiera tener para los demás. Mi proyecto de guión y película es en realidad el cumplimiento de la promesa que le hice de preservar su memoria y su ejemplo de un hombre que se negó a ser sólo de una tierra y un país y se hizo a caballo entre dos continentes creyendo, a veces contra todas las apariencias, que la distancia no separa sino que nos abre a nuevas gentes e ideas.

Miguel y Peggy llegaron a Los Angeles una mañana soleada y luminosa como las que son características en esa ciudad. Peggy vivía en un apartamento espacioso de las colinas del Norte de Hollywood, Sunset Boulevard arriba, y desde allí tenía una vista espléndidamente abierta desde la que se divisaba toda ciudad. Me confesaba que los primeros días de su llegada se pasaba horas contemplando la vastedad de esa urbe insólita en la que pasaría buena parte de su vida. Las casas de estuco blanco de un piso con tejados de estilo colonial, la vegetación y los árboles exuberantes, las palmeras, eucaliptos y cactus gigantescos, la vastedad y la extensión ilimitada de horizontes le cautivaban a él que en Barcelona no había conocido más que la estrechez y los límites de calles y viviendas.

Peggy trabajaba para unos estudios de cine en San Fernando Valley y disfrutaba de unos horarios flexibles que le permitían permanecer ocasionalmente en casa. Miguel empezó a aprender inglés con ella. Aunque no había podido estudiar formalmente ninguna lengua en su vida, tenía capacidad para el aprendizaje de lenguas y aprovechaba todas las horas del día para estudiar gramática y hacer ejercicios que luego Peggy le corregía. Oía la radio y me decía que se desesperaba porque durante días no entendía más que alguna palabra esporádica, pero persistió y aprendió inglés con gran rapidez y llegó a hablarlo no sólo competentemente sino con elegancia y con el dominio de un vocabulario amplísimo que le sirvió en su posterior trabajo de guionista para los estudios de cine en los que Peggy acabó introduciéndole. Con humor me decía que el modo de aprender una lengua de la manera más rápida es a través del amor y Peggy fue con él una amante dedicada y paciente.

Con Peggy aprendió a hablar inglés, con Peggy llegó a desentrañar la complejidad de la ciudad de Los Angeles y el fascinante pero difícilmente penetrable mundo del cine y con Peggy aprendió a darle al amor atributos que no había conocido antes como la sensualidad y el cariño: no tanto la pasión, como el afecto y la generosidad. Miguel me decía que Peggy había sido para él un hada protectora que le había beneficiado de modo extraordinario, pero de la que había dependido hasta el exceso y que esa misma dependencia le había sido difícil de aceptar. Peggy-maestra-madre-refugio-amante-guía de Los Angeles le había extraído del laberinto de su situación y le había concedido un horizonte vital que sin ella no hubiera sido posible.

Miguel salía poco de casa en esos tiempos. Los Angeles ha sido siempre una ciudad inhóspita para el paseante y sin automóvil le era difícil moverse por su cuenta. "Vida de claustro, llevaba vida de claustro", me había dicho más de una vez, rememorando con humor esa época. Una vida que le fue especialmente útil para su avance personal, pues no hacía más que aprender inglés, leer y tener el apartamento limpio para que, cuando regresara Peggy, lo encontrara todo dispuesto, desde la cena hasta las habitaciones limpias y en orden.

Algunos días –narra Miguel en su manuscrito–, salíamos de paseo en el coche, y seguíamos todo Sunset Boulevard hacia la costa, kilómetros y kilómetros hasta llegar a la zona de Malibú y luego, bordeando el mar por el PCH, veíamos los atardeceres más brillantes que nunca había visto en mi vida.

Un día Peggy me dijo que en Los Angeles era imperativo aprender a conducir y en un descampado me dio la primera lección. Me enseñó los cambios de marcha, las señales, cómo hacer los giros, las estrategias de un conductor experimentado como ella. Fui un estudiante aventajado en mis clases y, cuando fue aparente que había aprendido sus instrucciones y había cobrado una confianza considerable al volante, me dijo que condujera yo el coche por la carretera de la costa. Así lo hice y el contemplar, yo al volante, las olas rompientes del Pacífico lo recuerdo como una de las sensaciones más puras y regeneradoras de ese tiempo de aprendizaje. A partir de ese momento, llevaba yo con frecuencia el coche hasta que un día Peggy me dijo que era hora de que obtuviera la licencia de conducir porque en aquella ciudad no era posible moverse ni vivir siquiera sin un coche.

Un día me llevó al centro de exámenes de conducción y, como había practicado mucho con ella y tenía una motivación extraordinaria, pasé el examen sin dificultad. Recuerdo que, cuando salí del centro con el pequeño documento con mi foto, pensé que había ascendido en la estratigrafía demográfica y social de aquella ciudad y había accedido a la categoría de ciudadano con capacidad vehicular.

Después de Barcelona, Marsella, México y Tijuana, Los Angeles me sorprendía porque no había en ella viandantes en sus espaciosas y bellas avenidas que estaban siempre desiertas. Yo le decía a Peggy que la ciudad me estremecía el alma con sus calles lógicamente trazadas en línea recta, limpias, con árboles y plantas exóticas y espectaculares, pero que no parecían habitadas por humanos y Peggy me respondía que a ella le ocurrió lo mismo al principio de su llegada pero que luego fue acostumbrándose hasta que finalmente había aprendido a apreciar la independencia personal que ofrecía ese diseño inhabitual de ciudad.

Peggy era encantadora conmigo. Yo no había tenido nunca la oportunidad de conocer a un ser tan desprendido como ella y su actitud conmigo me abría las posibilidades a otro modo de concebir las relaciones humanas que hasta ese momento me había sido totalmente ajeno. Yo seguía progresando en mi inglés, continuaba con mis paseos solitarios por las calles desiertas y me esforzaba en adaptarme a aquella ciudad a la que en principio es casi imposible adaptarse. De la turbulencia, la angustia, las penurias, y las humillaciones de la ciudad abandonada había pasado a una posición en la que yo intuía existían posibilidades de liberación personal en el futuro. Ahora que podía conducir con mi flamante licencia de manejar, como la llamaban los mexicanos, podía desplazarme de un lugar a otro de la ciudad. Me paseaba por las avenidas anchas y despobladas con palmeras a ambos lados de la calzada. Lo observaba todo con avidez, los nombres de las calles en español, las hileras de casas de un piso con jardines bellos y siempre florecidos. Iba con frecuencia al *downtown*, recorría Olvera Street, Chinatown, Union Station. Aquella ciudad que se extendía sin límites ni fronteras aparentes me ofrecía sus opciones de cambio y para mí, que venía de una situación sin esperanza, aquella oportunidad me parecía insólita. A veces pensaba que no me la merecía, sobre todo cuando recordaba a Daniela y el Siscu a los que había dejado en una situación insostenible y de los que no había sabido nada desde mi partida.

Yo seguía en el país indocumentado y Peggy estaba haciendo gestiones para buscarme un trabajo en los estudios que me diera la oportunidad de tramitar mi residencia en el país. Estaba decidido a no volver la vista atrás y regresar a la tierra que en la distancia veía con nostalgia pero también con ira y desprecio porque no había sabido darnos a mí y a mis amigos lo que habíamos esperado de ella.

Por las noches, cuando observaba la ciudad desde las colinas de Hollywood y veía el horizonte interminable de la gran explanada hacia el mar, me sentía reconfortado y pensaba que la resistencia contra el poder inexorable del tiempo que es la vida humana alcanzaba en esos momentos una victoria. Provisional, pero incuestionable. Con Peggy a mi lado, al volante del coche, Sunset arriba hasta Santa Mónica, veíamos a lo lejos las aguas imperturbables del Pacífico y yo le confesaba que la quería y que algún día la llevaría a mi ciudad para mostrarle el Poble Sec y presentarle a mis amigos.

Luego los dos cenábamos en algún restaurante mexicano cerca de Echo Park y volvíamos a casa por Vine entre el olor de los jazmines en flor. Me iba integrando en mi nuevo medio. Sabía que sólo en aquella urbe sorprendente y extraña para mí, tan lógica y limpia y tan distinta de la Barcelona que había dejado atrás podía encontrar mi redención, una redención que luego yo quería extender a mis amigos. Quería con todas mis fuerzas que aquella ciudad, tan lejana a todo lo mío, significara para mí la realización de un mundo ajeno a la violencia y la destrucción que yo había conocido.

Día a día, aprendía a conocer y a apreciar mejor el cuerpo de Peggy. No era un cuerpo que me fascinara de inmediato pero iba descubriendo en él lo que no había en otros cuerpos que había conocido antes. Peggy era de gestos elegantes y medidos. Siempre había cuidado su cuerpo como es costumbre en California y se esforzaba con éxito en parecer más joven de lo que era, pero yo estimaba sobre todo su espiritualidad, su entrega y su necesidad de amar por encima de todo. Peggy me declaraba con honestidad "cuando tú me dejes, porque comprendo que algún día me dejarás por otra mujer más joven y deseable que yo, encontraré a alguien como tú a quien amparar porque el destino de mi vida es precisamente amar y darme a otra persona que me necesite y sin esa motivación sencillamente no soy, así que te voy a querer y tú me quieres todo lo que puedas y no te preocupes de nada más porque el amor tiene que ocurrir al margen de su final, por encima de las consecuencias, si no, no me interesa amar".

Peggy me amaba sin condiciones y yo aprendía de ella. Nunca más querría del modo en que la quería a ella, lo sabía, y si me hubiera propuesto que nos comprometiéramos a vivir juntos toda la vida habría aceptado sin vacilaciones. Pero estaban los estudios y mi inglés. Yo pasaba horas diariamente leyendo libros y periódicos y escuchando la radio y escribiendo porque sabía que aquello era el único camino que se me ofrecía. Mi inglés avanzaba con Peggy y leyendo a Hemingway y a Scott Fitzgerald que me parecían más asequibles que otros escritores.

Peggy me había ofrecido *Mrs. Dalloway* de Virginia Woolf y algunas obras de Jane Austen y Gertrude Stein pero me perdía en ellas. Tardé muchos años en poder volver a esos libros y realmente entenderlos y disfrutarlos. Yo me había hecho a mí mismo. En Barcelona me había educado en las reuniones de mis amigos de la CNT y la lucha sindical. Me había hecho adepto en la discusión política pero carecía de una educación básica mínima y, por ello, el esfuerzo de entrar en otros temas y conceptos desconocidos fue extraordinario para mí. De un marco vital hecho en la confrontación y la lucha urgente por la supervivencia pasé a otro en el que el compromiso y la convivencia de conceptos prevalecían. Peggy y mis libros de iniciación y aprendizaje de esa época me hicieron más generoso. También me abrieron a caminos que de otro modo no hubiera conocido antes. Cuando regresaba a casa por la noche, Peggy me ayudaba a corregir los trabajos y ejercicios que yo había hecho durante el día y contestaba a las preguntas que yo le hacía sobre unos libros y un lenguaje que me sobrepasaban y quedaban más allá de mis posibilidades.

Las dimensiones de aquel ser benéfico y sorprendente no hacían más que incrementarse constantemente para mí. Arropado por ella, procuraba olvidar mi miedo de que algún día, llevando el coche, me parara la policía y me pidiera una documentación que no tenía. Era un ilegal en aquella sociedad y me hacía falta un trabajo para normalizar mi estancia en el país. Recurrí a no conducir más que durante el día y en las zonas de la ciudad donde no había excesivo tráfico. Mi vida se reducía a estudio, lectura y la radio hasta que venía Peggy y entonces yo le revelaba mis descubrimientos del día, todo lo que había aprendido y le hacía preguntas y comentarios con locuacidad extraordinaria para compensar mi silencio forzoso de todo el día.

Tenía pocos amigos, pero eran comprensivos y generosos con

mi condición de extranjero y neófito absoluto en el país. Todos eran mayores que yo y hacían un esfuerzo genuino para comprenderme y ayudarme. A través de uno de ellos conseguí un primer trabajo. Me encargaba del avituallamiento de los estudios: proveía la alimentación del personal y proporcionaba los utensilios para la preparación de los sets y los decorados. Gané así mi primer dinero y me sentí por primera vez desde mi llegada a la ciudad independiente y capaz de hacerme una vida por mí mismo. No era un trabajo diario, lo hacía sólo cuando me necesitaban con lo que podía seguir trabajando en mi inglés y mis lecturas.

Me gustaba la gente de los estudios, eran amistosos y parecían felices y sin problemas. Yo intuía que entre ellos y yo había un abismo de diferencias que no podría salvarse tal vez nunca. Ellos habían tenido una vida afortunada que no envidiaba ni me parecía ilegítima, sencillamente habían nacido en la parte acertada de la tierra, en un país especialmente privilegiado y, dentro de él, en una tierra que mis antepasados habían equiparado con el Dorado, un paraíso de posibilidades y opciones ilimitadas. Ellos habían tenido las necesidades siempre atendidas, habían disfrutado de una educación rigurosa y se habían beneficiado de unas relaciones humanas benevolentes, no condicionadas por la penuria y los enfrentamientos que habían caracterizado las mías.

Cuando estaba entre ellos, yo era un observador. Hablaba poco hasta el punto de que le decían a Peggy que yo era reservado y tímido y supongo que lo atribuirían a nuestra diferencia de edad y los obstáculos de mis limitaciones lingüísticas, pero en realidad se debía al hecho de que ellos habitaban otro territorio mental y psicológico con unos códigos de actuación e intercambio que a mí me eran completamente desconocidos. Yo venía de la calle y el enfrentamiento y para mí el amor y la amistad eran sensaciones e impresiones primarias e inexplicables, algo que procedía de los instintos más profundos y primordiales. Para ellos esos conceptos eran un intercambio jovial y lúdico, un juego en el que las reglas no eran imperecederas, inscritas en sangre y para siempre, sino que variaban constantemente. Aquellos hombres y mujeres se querían al aparecer apasionadamente, luego dejaban de quererse súbitamente, salían unos con otros, hacían el amor entre ellos sin distinción de sexo, reían, vestían de maneras llamativas y arriesgadas, tenían un aspecto displicente y bello y, sobre todo, vivían con una sorprendente y envidiable facilidad.

Facilidad. Eso era lo que más me maravillaba de aquellas vidas. Yo venía de una batalla perpetua en las calles, en el trabajo, en los intercambios personales. Lo otro significaba la hostilidad más descarnada e implacable. Ellos, por el contrario, podían explorar, ser creativos, experimentar con varias opciones sin el miedo de la tragedia última que podía concluir un proyecto de vida para siempre. Por eso, casi no hablaba en las reuniones y me mantenía junto a Peggy, como un niño modoso y bien compuesto, pasando por tímido, cuando en realidad era sólo que estaba estudiando mi nuevo medio en el que quería hallar mi pequeño rincón de espacio.

Un día, cuando volvía a casa en coche por entre las calles interiores de Hollywood –procuraba siempre evitar las avenidas principales como Hollywood Boulevard o Sunset– noté que me seguía un coche de la policía. En realidad, no sé si me seguía o si simplemente iba detrás de mí, pero me entró pánico y me puse nervioso y, al llegar a un stop, en lugar de detener el coche por completo, crucé y seguí adelante. Inmediatamente vi encendidas detrás de mí las luces rojas del coche policial y detuve, aterrado, el coche. Sabía que aquel acto podía ser costoso para mí y significar mi deportación. Con la tensión de la situación, se me trabó la lengua y a las preguntas del agente de la policía que entendí a medias sólo respondí con frases entrecortadas y que yo mismo advertí, al pronunciarlas, eran ininteligibles.

No pude atender a su orden de proporcionarle la licencia de conducir porque no la tenía. Ni siquiera llevaba el pasaporte conmigo. Con las piernas y los brazos abiertos sobre el coche policial, los dos agentes me esposaron y me transportaron a un centro de detención de Inmigración que estaba en *downtown*. Desde la ventanilla enrejillada del coche, yo observaba las calles con palmeras y magnolios y pensaba que ése era tal vez el último momento en que podría verlas. Me preocupaba sobre todo Peggy y la angustia que le causaría mi súbita desaparición. Yo no me atrevía a darles a los agentes los datos de ella pues quería evitar, sobre todo, que ella sufriera ninguna de las consecuencias de mi situación.

Estuve incomunicado toda la noche y la mañana del día siguiente hasta que por la tarde un agente vino a buscarme a la celda donde me encontraba con los otros detenidos. Uno de mis compañeros, un colombiano que llevaba varios días detenido y al que le aguardaba la deportación, se despidió de mí diciéndome que tenía suerte en salir tan pronto de allí. Al subir a la oficina donde anteriormente me habían fotografiado y habían tomado mis huellas dactilares, vi a Peggy sentada en un banco. Inmediatamente intuí que ella iba a redimirme de nuevo. Nada más verme, se levantó y se vino hacia mí abrazándome y besándome. Se le caían las lágrimas y yo no pude tampoco contener el llanto.

La estreché, conmovido, por largo tiempo diciéndole que le daba las gracias por todo, que lamentaba haberle creado dificultades otra vez y que haría todo lo posible para evitarle nuevos problemas.

–No sabes lo que me has hecho sufrir –dijo, sollozando–. No sabía dónde estabas. Te busqué por todas partes hasta que al final llamé a la policía y me dieron razón de mi coche y a partir de ahí pude averiguar dónde estabas. No te preocupes, sales ahora mismo de aquí. Está todo arreglado ya. Les he dicho que vives conmigo y trabajas para mí como ayudante en los estudios y que soy tu garante mientras estés en el país. Vámonos de aquí cuanto antes.

En el camino a casa, le expliqué con detalle todo lo que había ocurrido. Mientras oía mi relato, ella seguía llorando y eso me confirmó un aspecto de ella que no haría más que acrecentarse: su dedicación incondicional a las personas que quería y a las que hacía entrega de una lealtad absoluta. Mientras conducía, me acariciaba el cabello con gran ternura. Yo no había dormido en toda la noche, no me había afeitado ni lavado, estaba exhausto y deprimido. Su mano suave deslizándose por entre mi pelo era mi único consuelo en ese momento.

Al llegar a casa, ella preparó la bañera con agua caliente y yo, como había hecho en el hotel de Tijuana, me sentí tentado de abandonarlo todo. Mi intento era demasiado improbable y me sentía culpable de crearle demasiadas dificultades a aquella mujer excepcional. Pero Peggy no me dejaba solo. Ella fue la que me desnudó y me ayudó a entrar en la bañera de agua burbujeante con sales. Me cubrió de besos y me dijo que, como consecuencia de mi desgraciado percance con la policía, sus amigos iban a conseguirme una mejor ocupación en los estudios. Tendría que moverme entre varios departamentos, instalando decorados y mobiliario para el rodaje de películas. No era mucho, pero era una oferta de trabajo reconocida y eso tenía la ventaja de que podía hacer legal mi permanencia en el país.

Aquella noche Peggy y yo hicimos el amor como nunca lo habíamos hecho antes porque yo me entregué a ella de verdad por encima de todas mis últimas reservas previas. Recordaba mi arresto en inmigración y cómo ella había pasado toda la noche buscándome hasta que al final me había localizado. El imperativo de la pasión, natural en mi juventud, cedió ya para siempre al afecto y el agradecimiento.

Dormí con placidez y tranquilidad inusitadas en mí y por primera vez me levanté temprano por la mañana para ir con ella a los estudios. Aquella era la primera ocasión en mi vida que tenía un trabajo con una cierta estabilidad y, a través de Peggy, alguna opción de futuro. Peggy no iba a dejarme desfallecer.

La experiencia con inmigración me hizo dedicarme a mi trabajo con más ahínco que nunca. Yo no quería volver a verme en aquel centro y tenía que ganarme mi puesto porque eso garantizaba mi permanencia en el país. Todavía más que en Barcelona y en Francia, volví a trabajar sin descanso. No tenía más que mis manos pero esperaba que algún día pudiera hacer uso de mi mente para ganarme la vida. Tenía algunas ventajas: en aquel ambiente estaba rodeado de gente creativa con los que no tenía más opción que hablar en inglés. Durante el día casi nunca me veía con Peggy, pero por la noche, al regresar a casa, le contaba, entusiasmado, todo lo que había podido presenciar para la preparación y filmación de películas. Siempre como observador nada más, pero eso me hacía aprender sobre un proceso que me fascinaba y en el que yo esperaba participar directamente y no sólo desde fuera algún día.

Peggy se maravillaba de los progresos de mi inglés. Además de escuchar y hablar todo el día en los estudios, leía con asiduidad. Tenía que aprender aquella lengua complicada y con unos sonidos que me costaba repetir pero que estaba determinado a dominar. Peggy me corregía y hacía de tutora mía con dedicación y amor absolutos. Después de Hemingway y Fitzgerald, me adentré en Conrad y Nabokov. La lectura era frustrante pues no los entendía más que parcialmente por su dificultad, pero intuía en ellos la experiencia del que ha tenido que aprender otra lengua y hacerse en ella un espacio personal y conceptual en el que habitar con comodidad. Ellos procedían del exilio y, como yo, habían tenido que crearse una personalidad y vida nuevas por encima de los orígenes. Y yo me hallaba en el mismo camino.

Le escribí al Siscu. Le conté mis viajes y mis experiencias en Tijuana, Los Angeles y Hollywood. En esos años, las cartas tardaban en llegar, si realmente llegaban a su destino. Me contestó al cabo de unas semanas. Era una carta conmovedora. Me decía que me admiraba por haber tenido el valor de la marcha. El país seguía igual, afirmaba, no había remedio, el franquismo se había adueñado del país y no le veía salida, así que lo mejor era lo que yo había hecho. Me envidiaba, decía, porque para él y Daniela no había futuro.

Cómo le agradecí aquella carta al Siscu. A pesar de mi partida, me recordaban, existía de modo genuino y real para ellos, no era sólo una abstracción lejana y eso me daba un sentido de apoyo en el mundo en un entorno extraño en el que no podía reconocerme pues me era totalmente ajeno. Daniela, me escribía el Siscu, vivía como podía, limpiando casas, trabajando aquí y allí, a salto de mata. El no se daba cuenta de que mi situación no era brillante, que yo también trabajaba en lo que podía de aquí para allá, sin seguridad ni garantías. Tal vez la única diferencia era que en Los

Angeles tenía opciones que no me eran posibles en Barcelona. Yo tenía que creer que mi marcha tenía sentido y que podía salir adelante y que mis amigos me vieran de ese modo me animaba a continuar a pesar de que todas las noches llegara exhausto a casa y sin fuerzas para casi nada.

En los estudios me hice amigo de Tico, un joven de origen griego que llevaba unos años en la ciudad y que me dijo que quería ser actor profesional y que había entrado en los estudios como un modo de iniciarse en la profesión. Durante el día, trabajaba como attrezzista y por la noche actuaba en un pequeño local próximo al Teatro Chino en el Bulevard donde le pagaban nada más que el sueldo mínimo y la consumición, pero, me decía ilusionado, esperaba conocer allí al agente que le descubriera y estuviera dispuesto a lanzarlo a la fama.

Muchos de los que trabajaban conmigo estaban allí por otros motivos que los del trabajo y Tico era uno de ellos. Hacían trabajos insólitos y aborrecibles con la esperanza de dejar de hacerlo lo antes posible y dedicarse a su verdadera vocación –el cine–, pero siempre el trabajo acababa por dominarlos y terminaban por seguir en él hasta que se cansaban de esperar y seguir alimentando ilusiones que se habían transformado en quimeras irrealizables. Tico tenía más convicción y voluntad que la mayoría. Una noche fuimos con Peggy a ver su función. Me había dicho que, siempre que quisiéramos, teníamos una invitación abierta y que nos colocaría en primera fila.

El lugar era un café estrecho y oscuro pero acogedor con un pequeño escenario al que rodeaban unas mesas redondas de mármol. Había muchos locales parecidos en Hollywood y la rivalidad entre ellos era despiadada. La mayor parte de ellos no sobrevivían más que muy poco tiempo y Tico me había dicho que ya había trabajado en cuatro. Nos había reservado una mesa preferente y, al salir a hacer su número, nos saludó y nos dijo que estaba muy contento de que hubiéramos ido a verlo. Aprendí a través de él que no hay ser más inseguro que el actor porque sabe que vive a merced del capricho y arbitrariedad de un espectador a quien no conoce y con quien no puede establecer relaciones de conocimiento o amistad benevolente que pudieran suavizar su crítica.

Su número era un monólogo cómico sentado en un taburete alto con un micrófono que usaba como instrumento de apoyo de su acto. En su número imitaba acentos y personajes de la política del momento. El público se reía con él y luego me diría que eran esas risas las que le hacían volver cada noche porque sabía que él era capaz de generarlas y conectar, por mediación de ellas, con unos seres desconocidos y comunicar con ellos a partir de sus creaciones e ideas. Peggy y yo nos reímos mucho con sus *gags* y, al final de su acto, lo felicitamos mientras se sentaba a la mesa con nosotros a la espera de su próxima intervención.

Estaba en Hollywood y sabía que aquél era el mundo en el que quería quedarme. Tico me recomendó que me matriculara en unas clases nocturnas para guionistas y, después de consultarlo con Peggy, así lo hice. Al principio, las clases eran muy dolorosas para mí por las dificultades con la lengua y porque yo carecía de la formación para entenderlas adecuadamente. Yo era un autodidacta y, además, extranjero y, como tal, estaba en desventaja inicial, pero no era el único entre los estudiantes de la clase. Me di cuenta de que allí había gente de otras nacionalidades y que pocos gozaban de una posición de privilegio. La mayoría estaba allí porque quería aprender y todos sentían una verdadera necesidad de progresar.

El instructor era un hombre de mediana edad con experiencia en teatro y cine. Había sido actor y todavía participaba en proyectos teatrales. Como tantos en el oficio, se veía obligado a hacer muchas actividades diversas, desde actor a extra y, cuando no tenía más remedio, hacía de camarero o trabajaba como recepcionista en el turno de noche de un hotel. En aquella clase aprendí que, en el mundo del arte en Hollywood, todos están igualados por el imperativo inexorable de realizar un sueño personal de creatividad por encima de la oposición y hostilidad del medio ambiente.

Hacía los proyectos que teníamos que presentar semanalmente en clase a ratos sueltos, en los descansos en los estudios o el domingo con la ayuda de Peggy. Para trabajo final del semestre había que presentar un proyecto de guión. Yo pensé que el mejor era precisamente mi aventura a partir de mi salida de Barcelona. El instructor se entusiasmó con la idea pues me dijo que cumplía un requisito capital para este tipo de proyectos y era que respondía a una experiencia personal y directa y por tanto yo pondría en ella implicación personal y así le daría credibilidad. Escribir era un ejercicio doloroso y lento al que me sometía, le decía a Peggy, con un masoquismo que me sorprendía a mí mismo. Mi personaje se llamaba Siscu y, a través de él, quería realizar un homenaje a todos los que se habían quedado en el país y tenían que sufrir su destino sombrío.

Recuerdo ese período de mi vida como el de mayor intensidad de aprendizaje y transformación personal. Cada día representaba una adquisición diferente para mí. En los estudios, cuando me era posible, presenciaba el rodaje de escenas, aprendía de los attrezzistas, veía las razones de la disposición de mobiliario y decorados. Todo era incitantemente nuevo para mí. Por aquellos estudios habían pasado o pasarían los grandes de Europa y América, desde Lubitsch a Buñuel y Lang, Chaplin, Jimmy Stewart, Marlene Dietrich y Greta Garbo. Estaba en el centro del cine y quería extraer el máximo de mi experiencia.

El instructor parecía satisfecho con mis pequeños trabajos, me aseguraba que avanzaba en mi estilo y que tenía la perseverancia de conseguir lo que quería. Peggy me acompañaba a clase a veces y se sentaba junto a mí para entender mejor lo que hacía. Corregía mis trabajos con esmero y a mí, que no había podido leer y escribir nunca mucho, me apasionaba el ver su conocimiento del lenguaje, su capacidad para organizar las ideas de manera que me parecía siempre brillante, su sutileza y su atención a los detalles. Incluso los días que regresaba a casa cansada y sin fuerzas, me acompañaba a la clase y se sentaba junto a mí tomando notas y, al llegar a casa, me sugería cómo construir la historia de mi doble que era el personaje del primer guión de los otros que luego escribiría. Yo, el autodidacta máximo, el que no había tenido nunca la suerte de tener los medios y el modo de beneficiarme de una educación formal, tenía ahora al tutor más dedicado del mundo, que estaba a mi disposición y que lo hacía no sólo con interés sino con un cariño absoluto. Peggy era el mejor maestro que yo hubiera podido tener nunca.

Mi relato evolucionaba paralelamente a mi vida en los estudios. Lo titulé *No Return*, sin retorno, porque quería incluir en él la idea de que no había posibilidad de regreso a unos orígenes ancestrales pero frustrantes. En mi guión, Siscu era el que marchaba y mi alter ego no realizado, Ricard, era el que se quedaba. Así me forzaba a mí mismo a verme en la posición del otro, un ejercicio que me pareció necesario ya que me obligaba a repensarme desde una situación diferente de la que me era natural y con la que estaba familiarizado.

Gracias a Peggy y a mi trabajo en los estudios y en la escuela de cine, podía decir que por primera vez había hallado una orientación definida en mi vida. Vivía en una ciudad neuróticamente indefinible que no me apasionaba como me apasionaba instintiva y visceralmente la Barcelona que había dejado atrás –nunca llegué a identificarme con mi nuevo medio– pero, sin embargo, por primera vez tenía esperanzas. Había días que entre el extenuante trabajo físico de los estudios, mis clases y los largos trayectos a los que obliga la ciudad apenas dormía. Una noche de insomnio persistente me di cuenta de que no tenía más que a Peggy, mi trabajo y mi esperanza.

Los domingos salíamos en coche. Íbamos a las playas de las inmediaciones. Salíamos temprano por la mañana de la casa de Hollywood cuando la ciudad empezaba apenas a moverse perezosamente. Me gustaba enfilar por Sunset hacia delante, la avenida abriéndose en toda su amplitud ante nosotros, Peggy a mi lado, la neblina de la mañana levantándose lentamente sobre el asfalto húmedo, a ambos lados las madreselvas y los hibiscos florecidos, las mansiones con columnas y fuentes majestuosas, Peggy y yo comunicando sin necesidad de palabras, ajenos a todo, hasta que llegábamos al Pacífico, las playas completamente solitarias, y dejábamos el coche aparcado junto a la misma playa, nos descalzábamos y nos dirigíamos hacia las olas espumosas y blancas. Me maravillaba la limpieza de aquellas aguas oscuras y agitadas completamente distintas de las playas recoletas del Mediterráneo que había dejado atrás.

En Zuma Beach nos desnudábamos y ante el sol ya brillante y cálido de la mañana entrábamos en aquel mar para mí nuevo, un océano inmenso e impetuoso en el que me fascinaba adentrarme. El Pacífico no es un mar para gozar y disfrutar de él sino para enfrentarse con él, medir las fuerzas con un contrincante manifiestamente superior, y servirse de la vitalidad resurgida de ese reto desigual, para renovar la fe en uno mismo y los demás. Nos dejábamos revolcar por las olas, que nos cubrían y arrastraban como muñecos inertes, para, en el movimiento de la resaca, volver a llevarnos hacia dentro. Luego, los cuerpos yacentes sobre la arena caliente, advertir cómo el tiempo quedaba suspendido por horas antes de abrir la cesta de la comida para comer el picnic que habíamos preparado antes de salir. *Zuma Beach. The resplendent days of anonimous joy.*

Mis mañanas con Peggy en Zuma son uno de mis recuerdos predilectos de esos años extrañamente privilegiados de incertidumbre y expectativa. Lo que más me maravillaba era que estábamos siempre a solas con aquel mar embravecido que me inspiraba un temor intimidante al mismo tiempo que me tenía ensimismado por sus poderes mágicos, impenetrables y eternos.

A partir del mediodía, el calor arreciaba y, después de bañarnos, nos paseábamos, desnudos, siguiendo la línea de la playa, la espuma de las olas sobre nuestros pies, viendo a los pelícanos grises que raseaban por encima de la superficie del agua a la búsqueda de la presa. En Zuma, una mañana brillante de cielo brumoso nos prometimos amor para siempre y decidimos que íbamos a vivir juntos hasta la muerte. Peggy lo era todo para mí y yo había ido pasando del agradecimiento al amor, la pasión y la entrega hacia ella.

Al atardecer, tras nuestro día de mar y sol, regresábamos de nuevo por Sunset a la ciudad. Le decía a Peggy que me había trasladado de la ciudad de las ratas a la ciudad de los fantasmas, como yo llamaba a Los Angeles debido a que no veía nunca gente en sus calles. Sabía que allí había seres humanos, millones de ellos, pero no parecían estar nunca presentes, siempre ocultos en sus casas o dentro de sus automóviles, pero le aseguraba que, a pesar de todo, prefería los fantasmas a las ratas y a mis perseguidores que habían visto frustrado definitivamente su propósito de exterminarme.

En los estudios, me habían dado a entender que, una vez hubiera concluido mis cursos como guionista, probablemente podría obtener una plaza como ayudante subalterno en la filmación de alguna película. Mi vida era los estudios, la escuela, Zuma Beach y Peggy. Peggy en casa, en los estudios, en Sunset, en la escuela de cine. Peggy en mi mente, en mi cuerpo, me decía que le gustaría tener un hijo conmigo, pero que a su edad eso no sería ya posible, lo intentábamos de todos modos, aprendí a decir términos como ovulación, fertilidad, días óptimos, medida de la temperatura, pero no lo conseguíamos. "He pasado la edad –se lamentaba ella–, a mis años la gente no se queda embarazada con facilidad, cuesta más que nunca, pero me apasionaría tener un hijo contigo" y yo, que nunca me había planteado de la manera más remota la posibilidad de tener un hijo pues en realidad juzgaba lastre más que suficiente el tratar de manejar mi propia vida, estaba dispuesto a tenerlo sólo por ella como una muestra de reconocimiento por todo lo que aquella amante maternal había hecho por mí.

Había terminado *No Return* y mi maestro lo elogió sin hacer críticas excesivas. No tenía más que una treintena de páginas y yo sabía que no era más que un pobre borrador exiguo y sin posibilidades, pero era mi primera obra. Un hombre sin educación, un producto de la calle, hecho en la lucha callejera del Poble Sec, que no había asistido más que a la escuela elemental sin completarla, había podido concluir un proyecto en torno a su amigo y compañero representativo de una época. Peggy también estaba contenta porque para ella mis pequeños logros eran genuinamente también sus logros.

Un día decidimos hacer un viaje por la costa de California, siguiendo el Pacific Coast Highway, que bordea la costa escarpada hasta llegar a San Francisco. Ella era mi guía, pero me animó a que llevara yo el coche, pues me dijo que prefería contemplar el paisaje.

Subir hacia el norte de una tierra dorada que yo no conocía me parecía una aventura inimaginable. Salimos de Los Angeles por la mañana, viendo levantarse el sol en el horizonte y hablando del Siscu, el
protagonista del guión que habíamos trabajado entre los dos. "El
Siscu es mejor hombre que yo –le dije–, vale más que yo porque es
más fiel a sus principios, pero, como tantos otros en mi país, no ha
tenido la oportunidad de realizar sus deseos, tú no sabes lo que es
verse condenado ya desde el momento del nacimiento a no ser, a no
poder superar los orígenes, a limitarse a ser lo que los otros dictami-
nan por ti. Luchar para salir de la miseria y las limitaciones sabiendo
que, a pesar de todo, vas a repetir el mismo ciclo de siempre".

    Peggy escuchaba sin decir nada. Yo, al volante, sabía que ella no
podía entender unos orígenes que ella no conocía, pero había conocido de manera directa la penuria más absoluta, la que elimina la
dignidad del ser humano, negándole lo más básico: la estima de sí
mismo. Peggy no conocía de donde procedía yo, pero yo entendía y
advertía en su mirada que estaba conmigo, que algún día iría conmigo a mi ciudad y recorreríamos el Poble Sec y el Paralelo y entonces
entendería mi marcha y mi solidaridad con el Siscu y sus compañeros y la motivación última de mi guión. "Te comprendo, Miguel, te
comprendo –me decía con ternura–. Es la misma privación que he
visto en las calles de las ciudades de México y también el mismo
deseo de superación que lleva a los toreros en la plaza de Tijuana a
arriesgar la vida sabiendo que es eso o nada, que el mundo no les da
otra opción, que están señalados por el dedo implacable de una suerte aciaga. No conozco los detalles de tus orígenes, pero toda la
pobreza tiene una naturaleza y unas causas igualmente deleznables".

    Al llegar a Santa Bárbara, Peggy quiso mostrarme la misión de
la época colonial de California que me agradó pues yo no conocía la
historia de mi país más que muy superficialmente y me asombró el
cariño y escrupuloso esmero con que en América se cuidaban las
reliquias del pasado. Yo no sabía nada apenas de aquel pasado y a mí
me apasionaba el que Peggy me abriera a un mundo que yo desconocía y que de manera más o menos directa afectaba mi vida. Esta era

otra de las consecuencias de mi relación con ella. Con Peggy pasaba del movimiento constante y caótico que había sido mi vida por la presión de las circunstancias a la introspección y una consideración más contemplativa del mundo.

Tras Santa Bárbara, seguimos subiendo por la costa hasta llegar a Monterrey, una ciudad pesquera y portuaria de la que Peggy me dijo que era la ciudad de Steinbeck, donde el escritor, que ella me descubrió como el autor del *Al este del Edén* y *Las uvas de la ira*, había escrito sobre aquel mismo puerto en el que estábamos paseando. Mientras caminábamos abrazados frente al sol que se ponía en el horizonte y veíamos a las morsas y las focas dormitar, hacinadas, en los malecones del puerto, me reveló, sollozando, que, en una visita médica, le habían descubierto un tumor maligno en el cerebro que debían tratar al regreso a Los Angeles. Me dijo que no había querido decirme nada porque no quería alarmarme y hacer mi vida todavía más difícil de lo que ya era.

Yo me quedé abrumado ante una noticia que me parecía demasiado injusta y absurda como para que pudiera ser aceptada fácilmente. ¿Por qué de todos los seres de aquella tierra en la que me encontraba y en la que finalmente parecía haber hallado un acomodo y una posibilidad de futuro era precisamente Peggy la que había sido señalada por el destino como objeto de aquella decisión absolutamente incomprensible? ¿Por qué Peggy, aquel ser generoso y compasivo, abierto al dolor y las carencias de los demás, por qué Peggy y no muchos otros seres que carecían de todas las cualidades que ella tenía?

Atardecía en aquella ciudad de las tinieblas que para mí quedaría para siempre envuelta en la tristeza y la desesperación y le dije a Peggy que debíamos regresar a Los Angeles, pero ella se negó a hacer marcha atrás y me aseguró que ahora más que nunca debíamos proseguir el viaje hacia el norte.

El resto del viaje lo hicimos casi en silencio. Yo no me atrevía a hablar ya que estaba sobrecogido por una noticia que no me esperaba. Ella me alentaba y me decía que no me preocupara, que iba a curarse y que aquel viaje le ayudaría a ser más optimista ante el mundo, su médico era muy bueno y le había asegurado que todo iba a ir bien.

Llegamos a San Francisco por la mañana y la ciudad se abrió ante mí con la promesa de lo desconocido y único. Yo tenía sólo una idea vaporosa de lo que podía ser aquella ciudad que me sonaba a exotismo oriental y a Humphrey Bogart, Lauren Bacall y Peter Lorre, pero de la que no sabía nada en concreto. Peggy me había dicho que era un lugar maravilloso y que era imposible no enamorarse de una ciudad tan bella y acogedora como aquella, pero para mí la visita a aquella ciudad quedó inequívocamente señalada por el dolor dramático de la noticia que Peggy me había dado.

Encontramos una habitación en un pequeño hotel en el Embarcadero desde el que se divisaba toda la zona del puerto. El resto fue un largo paseo ininterrumpido. Recorrimos la ciudad a pie, en tranvía, sin descanso. Todos los barrios y calles estrechas y grises, de noche y de día, cogidos de la mano, estrechados siempre, ensimismados el uno en el otro, sin prisas, comiendo en los restaurantes grasientos de *Chinatown*, observando gentes de todo el mundo que nunca había entrevisto podían existir antes. Toda mi estancia en aquel medio nuevo era para mí un descubrimiento absoluto y Peggy me daba las claves de todo.

La ominosa espada de Damocles que se cernía sobre nosotros en nuestro melancólico deambular por aquella ciudad de ensueño no dejó ya nunca de seguirnos. Yo presentía que aquel sería nuestro último viaje juntos y me entregaba a todos y cada uno de los momentos que lo componían. San Francisco quedó para mí siempre envuelta en la aflicción y la tristeza y esa ciudad mágica que es como una especie de cuento de hadas para todo el mundo que la visita se ha visto siempre para mí penetrada por la memoria de la angustia y la pena desatadas por la revelación de Peggy. De retorno a casa, recordando lo que habíamos visto en aquella ciudad insólita y reconfortados por las vistas espléndidas del Pacífico, nos casamos en el ayuntamiento de un pequeño pueblo de la costa a mitad de camino a casa. Nos casó un juez simpático y bonachón que hizo de juez y testigo a la vez y nos regaló un ramo de flores blancas para alegrar la escueta ceremonia. Nos casamos por impulso y casi sin hablarlo y porque sabíamos que, si lo pensábamos y recapacitábamos con cuidado y queríamos invitar a los amigos y hacer una fiesta grande, no íbamos a disponer de la valentía y energía para hacerlo. Así que dormimos en un motel junto a la carretera y a las nueve de la mañana estábamos en el juzgado del pueblo. Aquel acto protocolario tuvo extrañamente para mí un significado singular pues era la confirmación simbólica que refrendaba mi dedicación a Peggy.

Después de la ceremonia, el juez con esa generosidad y espontaneidad que caracterizaba a los californianos en esa época en que yo llegué al país, abrió una botella de champán con la que celebramos el acto. Recuerdo vívidamente sus palabras de parabién y buenos deseos: *I wish you both the best in your new life*. Mis mejores deseos para vuestra nueva vida. Poco sabía él que nuestra recién estrenada vida de casados estaba marcada ya por el dolor y la muerte.

Luego, llegados ya a Hollywood, ocurrió el progresivo declinar y el cada vez más precipitado descenso. Peggy murió justo a los cinco meses de nuestra boda. Los acontecimientos sobrevivieron rápida e inexorablemente. Las imágenes se suceden en una secuencia frenética y lacerante: hospital, sala de visitas, habitación, medicamentos, sala de emergencias… Peggy. Nunca he querido a nadie con la misma entrega con que me entregué a aquel ser que me amó y amparó incondicionalmente y que hizo posible el inicio de mis pasos en el país.

Antes, durante una reunión que tuvimos en casa para celebrar nuestra boda. Peggy tuvo un inesperado desmayo y tuvimos que llevarla precipitadamente al médico. El diagnóstico fue entonces claro y definitivo. El tumor había avanzado y se había hecho más voluminoso. El médico nos dijo que el tratamiento era difícil, sin posibilidades de curación. Tal como lo entendí, las células cancerígenas se habían introducido en la sangre y se extenderían al resto del organismo. El médico nos dijo que, si Peggy hubiera sido una anciana, el mal se hubiera diseminado por su cuerpo de manera más lenta, pero que, a su edad y con un metabolismo rápido, se extendería con la máxima celeridad.

Peggy murió una mañana de abril, en casa, según sus deseos, y con ella se fue una esperanza y un proyecto de vida compartida que no recobraría o repetiría nunca. He albergado otras clases de esperanza pero ninguna como aquella: primordial, espontánea, pura. Me llevó mucho tiempo poder hablar y, aún más, escribir de mis últimos meses con ella. Este manuscrito es un modo de recuperar el tiempo perdido y compensar mi pasada impotencia.

A nuestro regreso del viaje a San Francisco, trabajé como nunca lo había hecho antes, me entregué más y más a mi trabajo en la escuela, Peggy aún a mi lado cuando su estado se lo permitía, atenta, escuchando, sugiriendo sutil, generosamente, sin quejas, conteniendo su dolor que era creciente pero que no me dejó que advirtiera y se interpusiera entre nosotros hasta el implacable final.

Los amigos de los estudios nos organizaron una fiesta sorpresa para celebrar nuestra boda. Fue en uno de los recintos de rodaje que habían habilitado para la ocasión. El local estaba lleno de cámaras, restos de decorados en las paredes, mobiliario de tomas anteriores. Peggy estaba deslumbrante, románticamente sonriente y lánguida a un tiempo. Nunca la había visto tan hermosa y serena. Se había puesto un vestido con falda de volantes de un beige suave y tacones finos y altos que alargaban sus piernas y les daban una gran belleza y elegancia. Ese día me di cuenta de manera irrevocable de que Peggy era la mujer que había deseado siempre, por encima de la diferencia de edad, de origen y lengua, ella Greta Garbo y Rita Hayworth a un tiempo, reservada y reflexiva unas veces y exuberante y seductora otras.

La fiesta fue suya de principio a fin. Todos la alababan y elogiaban su vestido, su voz, sus gestos, su elegancia natural, ella sonriendo, hablando aquí y allí con todos los compañeros del estudio, yo a su lado, contemplándola y admirándola como a la diosa que ella era para mí, mi diosa americana, brindamos con champán, todos los ojos fijos en ella y en nosotros, olvidando el inapelable futuro, ajenos a la compasión y la pena, sólo el presente contaba entonces, sólo pensando en nosotros que nos negábamos a reconocer y aceptar el callejón sin salida que el destino había diseñado ciegamente para nosotros. Peggy, mi encantadora y eterna diosa de Hollywood.

Cuando la enterramos en un cementerio de las colinas de Hollywood, lloré como nunca había llorado antes desde el fallecimiento de mi madre cuando todavía era un niño. Todos dijeron en el entierro que Peggy no merecía morir así, *it´s just so unfair*, tan joven todavía, *it´s so sad*, tan bonita y capaz, *unbelievable*, yo oía, absorto y exhausto, aquellas palabras de reconocimiento hacia un ser que determinaría toda mi llegada a aquella ciudad.

Peggy se fue una mañana soleada e indiferentemente azul, como casi todas en la ciudad áurea y, cuando, después de enterrarla, volvía solo a casa por un Sunset fantasmagórico y cruel, sabía que mi vida no volvería a ser ya la misma nunca. Mi nuevo trabajo en el departamento de guionistas se convirtió en mi única evasión de una realidad que había dejado de interesarme. Eso y las cartas al Siscu que no sé si recibía siempre, unas cartas en las que le decía que Peggy me había dejado para siempre y que vivir se había puesto difícil de nuevo y le decía también que le había dedicado mi primer guión, que Peggy y yo habíamos compuesto juntos. El Siscu, cuando me contestaba, me decía que no volviera, que el país no lo merecía, que en Los Angeles tenía porvenir y en Barcelona no había nada que hacer para mí y desde luego no como guionista.

Visitaba la tumba de Peggy todas las semanas y, como Joe DiMaggio con Marylin Monroe, nunca faltaron flores frescas sobre su lápida de mármol. Fue en una de mis visitas a la tumba, mientras tenía la mirada fija en las letras grabadas de su nombre, cuando resolví que no iba a volver, pasara lo que pasara, no había regreso para mí, iba a quedarme para siempre con ella, su sonrisa y su entrega, una memoria vital y esencial, por encima de todo, de otros trabajos, de otros amigos, de otras mujeres incluso, de cualquier otra opción. Con Peggy, mi dulce y generosa maga de Hollywood. Y así me quedé con ella en California para siempre.

Los antiguos, en su sabiduría incomparable, lo elevaron a la categoría de Dios absoluto y omnímodo. Entendieron que el suyo era un combate desigual en el que los hombres estaban destinados a sucumbir y en el que la única alternativa era la elevación del nuevo Dios a una categoría suprahumana para dedicarse a su exaltación eterna. Todo lo otro eran distracciones sin sentido: trabajo, hijos, amores, viajes, pasiones e ideas, un subterfugio, una excusa y una desviación del objetivo único y final que era vencerlo inequívocamente, exterminar su influencia emponzoñada de la faz de la tierra de una vez por todas, derrotarlo con todas las armas posibles, con argucias y estratagemas, con engaños y arteras promesas, destruirlo para siempre, eliminar no sólo sus obras devastadoras e inmundas sino también la posibilidad de su retorno. Vencer a Kronos, arrogante y seguro de sí mismo, no abrirle ninguna puerta para su resurgir en ese combate sin esperanza y sin opciones reales de éxito. Por siglos y siglos, en todas las lenguas, tierras y países, sabios e ignorantes, religiosos y laicos, el combate último ha sido siempre el mismo: decapitar al Monstruo voraz, desproveerle de su fuerza, sojuzgarlo a la voluntad humana, reírse olímpicamente de él, hacer que finalmente la victoria sobre él sea definitiva y final. Vencer a Kronos ya que no a través de un encuentro de igual a igual, en el que la derrota está asegurada, hacerlo por sustitución a través del relato, inmortalizar a los nuestros, darles la palabra última, hacer que no desaparezcan para siempre en el anonimato y el desconocimiento colectivo, preservar su voz y sus obras, hacer que, vivan eternamente aunque de manera prestada e indirecta y así prevalecer sobre Kronos y redimir a las multitudes que perdieron antes el combate con Él. Decapitar, extinguir a Kronos. He ahí el fin y propósito primordial de todos nuestros discursos y relatos.

IV. LA CIUDAD DEL ORO

Mi padre nunca se repuso por completo de la muerte de Peggy. Me lo insinuó varias veces y luego me lo confirmó un día mirando unas fotos del álbum familiar. "Peggy me dio la confianza en mí mismo de la que carecía –me dijo mientras las lágrimas le resbalaban por los ojos–. Me hizo lo que soy, me dio unas señas de identidad nuevas, me definió como persona y me dio un futuro a mí que no tenía más que las manos vacías". Ese día fui consciente de que mi padre nunca había dejado de estar enamorado de aquella mujer a la que yo sólo conocía por fotos. Una mujer delgada y de cabello rubio y ondulado, que sonreía en las gradas de la plaza de toros de Tijuana, jovial y expansiva, o que miraba a la cámara disfrazada de vestal romana en uno de los escenarios improvisados de Hollywood o que, con una tristeza que no podía disimular en lo más profundo de sus ojos, besaba a mi padre, vestida con un vestido largo y visiblemente enferma ya, el día de la fiesta de la boda. Era bastantes años mayor que él y, sin embargo, se les veía juntos de la manera más natural, como si desde siempre hubieran estado hechos el uno para el otro. En su caso creo en el destino. Yo intuía que los amores que mi padre había tenido después incluyendo la que sería mi madre no habían sido más que intentos fallidos de reemplazar o sustituir a aquel ser desprendido y bueno que se le había entregado y le había permitido la huida de un pasado que, hasta que ella apareció en su vida, le había retenido fijo en una prisión de la que no había podido escapar por más que lo hubiera intentado. A partir de lo que mi padre me había dicho de Peggy y de aquellas pasajeras impresiones que me dan unas desgastadas fotos en blanco y negro puedo deducir que aquella mujer no había dejado nunca de estar acompañando a mi padre y le había apoyado, aún después de muerta, en su trayectoria en California, el cine y los estudios.

Me hubiera gustado conocer a aquel ser que marcó indeleblemente la vida de Miguel e indirectamente también la mía. El no me habló casi nunca de Peggy hasta que me hice mayor. Temía que fuera una imposición externa en mi vida que no se había hecho con Peggy sino con él y otra mujer, mi madre, que nos dejó cuando yo todavía era niño. Aunque mi padre conoció a otras mujeres, ya nunca fue capaz de dedicarse a ellas como lo había hecho con Peggy de manera absoluta y con Daniela de manera ideal y melancólica, como una utopía señalada por la distancia y la separación tanto física como emotiva.

Mi padre siguió el modelo de los inmigrantes a América en ese momento. Aprendió el inglés lo mejor que pudo hasta llegar a dominarlo con gran competencia tanto hablada como escrita lo que le permitió escribir y participar en películas y en otros proyectos de las artes visuales en los que abunda Los Angeles. De él heredé la ambivalencia hacia esa ciudad dorada, dadivosa y voluble y arbitraria a la vez, que parece entregárselo todo a algunos y les concede magnánimamente el triunfo inmediato al mismo tiempo que carece de compasión con los débiles y los que no poseen la fortaleza o los conocimientos para progresar y avanzar en medio de las mayores dificultades.

Miguel se entregó a una conducta de ascetismo puro desde el mismo momento en que murió Peggy. Durante un año no salió con nadie. Se pasaba el tiempo en los estudios hasta altas horas de la noche, iba a la escuela de guionistas incluso en horas fuera de clase o permanecía en el apartamento que había compartido con Peggy y en el que no hizo ningún cambio, ni siquiera mover una silla de lugar. Así pasó semana tras semana y mes tras mes durante un año. Los domingos visitaba el cementerio donde estaba enterrada ella y no iba a fiestas o reuniones que no fueran estrictamente necesarias para su trabajo. En los estudios lo llamaban *the Spanish monk*, el monje español, porque había perdido la capacidad de sonreir y divertirse, pero todo el mundo lo respetaba y apreciaba porque sabían que era una víctima del amor absoluto e imperecedero y eso no era común en aquella ciudad de las pasiones y los olvidos instantáneos donde nada dura más de unas horas o una noche y el recuerdo y el olvido no son más que nociones evanescentes y sin fuerza para mantenerse por sí mismas durante mucho tiempo.

Miguel preservó su fidelidad a Peggy y esa fidelidad le mantuvo vivo a través de la soledad y la angustia del destierro. El primer aniversario de su muerte fue al cementerio con un ramo de rosas rojas, lo depositó en la tumba y le pidió perdón a ella diciéndole que se veía obligado a iniciar una vida distinta ya que tenía que abrirse un camino nuevo en aquella ciudad. Después de su acto ritual con la mujer adorada, viajó en coche hasta Chula Vista, cruzó a pie el paso de la frontera, y, ya con su nueva tarjeta de residente americano, entró en Tijuana y se instaló en el mismo hotel donde había permanecido con ella en su visita previa. Se paseó solo por las calles y avenidas donde había eludido antes a sus perseguidores. Lo observó y evaluó todo con meticulosidad y espíritu de análisis. Aunque en apariencia caminaba solo, Peggy lo acompañaba en cada momento y él buscaba su aprobación a la reconstrucción de su historia personal que iba a emprender a partir de aquel momento. Su nueva trayectoria no equivalía a un abandono ni a una renuncia del amor hacia ella sino que era más bien el reconocimiento incontestable de que no podía proseguir en aquella introversión ascética que todos admiraban, pero que él sabía –y ella lo hubiera reconocido así también– no podía mantenerse indefinidamente.

Miguel valoraba la fidelidad por encima de todo y necesitaba de la realización de aquel acto de clausura e iniciación a la vez, hecho en común con ella, para poder avanzar en otra dirección de la que había planeado con aquella mujer que yo contemplaba absorto en las fotografías en blanco y negro al cabo de los años. Por todos estos motivos, Peggy ocupará un espacio determinante en mi película, un espacio breve, como el que tuvo en la vida de mi padre, pero un espacio continuado y esencial. Peggy también está en mí, tanto o más que mi madre que nos dejó por razones que me llevó mucho tiempo entender, pero que ahora acepto como una imposición más de un destino contrario.

Acabado su ritual catártico y purificador, Miguel decidió que podía emprender el retorno. Se dirigió a la línea de la frontera con paso confiado, aunque en su interior todavía le quedaba el resquemor de su primera ida a aquel punto donde, atenazado por el miedo, tuvo que ocultar su identidad y confiar en la apariencia aseguradora de Peggy para cruzar el límite fatídico. Quería rehacer precisamente todos sus pasos, pero de manera contraria a como lo había hecho en el pasado. Ya no sentía ahora la aprehensión que le sobrecogía cuando había cruzado la frontera acompañado por Peggy, cuando el silencio y la simulación eran instrumentos imperativos para la preservación de su identidad indocumentada y clandestina. Ahora tenía la certeza de que iba a enfrentarse a las autoridades de inmigración sin temor y con el agradecimiento hacia la mujer que le había amparado en el pasado y le había otorgado la posibilidad de ser lo que era.

Dejaba aquella ciudad del fango, el dolor y la penuria, la ciudad de la frontera de Margarita Cansino Hayworth, Charlton Heston y Janet Leigh, la ciudad para él de la soledad y el mal, donde esta vez se había sentido libre por unas horas, siempre de la mano de Peggy. Había recorrido punto por punto y escrupulosamente todos los lugares donde había estado con ella: la plaza de toros, el casino, el restaurante. Se había paseado por todas las salas del casino donde había sido afortunado, esta vez sin apostar ni un solo centavo ni seguir siquiera ninguna de las incidencias del juego, en esas mismas dependencias donde, sin saberlo y sin querer reconocerlo todavía, había empezado el moroso proceso de su enamoramiento de Peggy, en aquella ciudad maldita donde todo se había iniciado y adonde había tenido que regresar antes de pedirle el consentimiento a ella para que le permitiera comenzar un nuevo modo de vida.

"Go ahead, everything is in order", le dijo el agente que le inspeccionó displicentemente la documentación, esta vez con una sonrisa en los labios y con una amabilidad insólita, con respeto incluso, como si realmente aquel fuera su país de verdad, como si hubiera vivido allí toda la vida y como si finalmente tuviera el derecho de per-

manecer y vivir en algún lugar concreto que pudiera reconocer como legítimamente suyo.

Miguel me dijo al cabo de los años que nunca quería olvidarse de aquel momento y que quería simpatizar con todos los que, como él, habían tenido que salir de su país y lo habían dejado todo para no volver nunca la vista atrás. Sabía también que en Tijuana dejaba su pasado con Peggy y que a partir de aquel hito divisorio, más allá de sus deseos y voluntad, iba a empezar un punto y aparte, una fase nueva en su vida.

Cruzó la frontera a pie, sin temor ni dudas, un paso definitivo y final, la primera vez que, después de su marcha, entraba en un país sin miedo ni recelo y por pleno derecho. Luego, ya en el lado americano, subió al coche y regresó al apartamento de Hollywood, sin hacer una sola parada en el trayecto, sin mirar ni ver las olas encrespadas del Pacífico a un lado de la autopista y los cerros áridos y ocres al otro. Al llegar a casa, se encerró en su estudio, abrió la máquina de escribir y escribió el primer guión que luego le aceptarían en los estudios y que iniciaría su carrera en Hollywood.

Después de su pacto ritual con Peggy, Miguel conoció a otras mujeres, tuvo relaciones más o menos prolongadas y estables pero, de verdad, de manera profunda e irrevocable, sólo se entregó a Peggy, con un compromiso permanente e indestructible que no quebró nunca. En el fondo, pienso que si se relacionó con mi madre fue para tener con ella el hijo que no pudo tener en vida de Peggy. Por eso, en realidad, yo me veo a veces en parte como un hijo de Peggy y de Miguel ya que eso es lo que él hubiera deseado y sólo el destino no hizo posible.

A los pocos días de su regreso de Tijuana, Miguel recogió las cosas que ella había dejado –muebles, papeles, fotos– y sus mínimos objetos personales y se trasladó a vivir a la playa de Santa Mónica. Me dijo que de lo suyo no se había llevado más que su máquina de escribir –que en realidad le pertenecía a ella– y alguna ropa.

Se mudó de casa porque le abrumaba vivir diariamente con todas las memorias de Peggy y porque le cansaban las calles impersonales de Hollywood y, sobre todo, porque quería vivir junto al mar, donde siempre, de una manera u otra, había transcurrido su vida. El viejo muelle de Santa Mónica le traía memorias del puerto y rompeolas de Barcelona. Siguió viviendo como un monje. A la salida del sol y al atardecer, se paseaba por la playa de Santa Mónica y Venice y luego leía porque me decía que quería recuperar el tiempo perdido. Como otros miembros de su generación, Miguel tenía prisa por llenar los vacíos de su vida que unas circunstancias hostiles le habían impuesto. Leyó y aprendió por su cuenta todo lo que los demás tenían que haberle enseñado y no habían hecho como les correspondía hacer en su momento. Aprendió de cine observando y escuchando con la capacidad de la humildad que sólo los que no han poseído nunca nada son capaces de tener. Yo, que recibí mucho y que, gracias a él, he tenido una vida mucho más asequible y previsible que la suya, sólo puedo entender su actitud de manera indirecta y sucedánea, algo ya adquirido y no experimentado por mí mismo.

Sus compañeros de los estudios sentían afecto genuino por aquel hombre del que sólo sabían que había escapado con las manos vacías de un país al otro lado del Atlántico del que no sabían apenas más que era la tierra del flamenco y la sangría. Y que había tenido, además, la mala fortuna de que su mujer adorada había fallecido al poco de casarse. Esa era una historia conmovedora que motivaba a aquellos seres que vivían en torno a la construcción y la narración de historias de los demás.

En una de las reuniones con sus compañeros, conoció a Frank, un productor a quien apasionaba el mundo mexicano y que estaba a la búsqueda de nuevos temas para sus películas. Se interesó por él. *I like your life, it has character*, me gusta tu vida, le aseguró con la firme seguridad de quien siempre ha disfrutado de una vida afelpada y sin altibajos y puede permitirse la ostentación de un optimismo ilimitado sin caer en la afectación y el ridículo. Miguel tuvo que estudiar historia de México y de las figuras del cine latino que habían triunfado en Hollywood. Llegó a conocer a Buñuel en una de sus estancias en Los Angeles y a Carmen Miranda y Ramón Novarro y aprendió a hablar en inglés con acento mexicano para el doblaje de algunas escenas.

A través de Frank conoció a Diana, mi madre, que hacía trabajos como traductora para Frank. Era de Zacatecas y vivía a caballo entre México y Los Angeles. Nunca tuve una buena relación con mi madre pues nos abandonó a mi padre y a mí cuando yo era muy niño para regresar a México y reunirse con un antiguo amigo suyo. Recuerdo todavía el día en que nos dejó a mi padre y a mí para coger el autobús hacia el sur y marchar para no volver. A partir de ese día, mi padre se convirtió en todo para mí, mi único apoyo y guía.

He perdonado ya a mi madre por haberme dejado. Con los años llegué a entender las razones de su partida. Hay algunos seres a los que les es imposible soportar el alejamiento de su tierra y ella estuvo dividida entre dos países, lugares y gentes y finalmente optó por volver a sus orígenes. Pero me temo que no consiguió la felicidad. Murió joven, creo que a causa de la aflicción por habernos dejado. Fui con mi padre a su entierro en un cementerio destartalado y siniestro que me sobrecogió el alma. Durante la ceremonia, vi que mi padre lloraba y derramé lágrimas como él. Es duro vivir sin madre y yo me quedé sin ella cuando todavía era niño.

En los estudios mi padre siguió progresando hasta dejar por completo el trabajo manual y pasar a tener horarios más asequibles y convenientes. Como finalmente había hallado un trabajo que le agradaba y en el que entrevía un futuro halagüeño, le dedicaba el máximo de tiempo. En el ambiente marítimo, distendido y apacible de Santa Mónica y Venice, halló el medio adecuado para la creatividad. Me decía con satisfacción que allí había tenido como vecinos a Thomas Mann, Brecht y Cernuda, los emigrados víctimas, como él, de la guerra y la destrucción. Seguía leyendo mucho y escribía notas de cine y teatro para un periódico local. Si mi padre hubiera tenido una educación formal, estoy seguro de que hubiera obtenido grandes éxitos. Pero tuvo que hacerse a sí mismo con la ayuda truncada de Peggy. Me decía, "los que se hacen a sí mismos tienen la ventaja de poner la determinación y la voluntad absolutas en todo lo que hacen.

Dejan una marca única en su trabajo pero les falta el refinamiento".
Mi padre fue un *self-made man*, un autodidacta maravilloso y para mí
ése es un esfuerzo que valoro por encima de todos los demás. Con él
crecí rápido pues desde pequeño me hablaba como si realmente
pudiera entender todo lo que me decía y con el tiempo llegó a contarme muchas cosas de su vida sin reservas y sin temores. A veces me
llamaba humorísticamente "*little philosopher*", pequeño filósofo, y me
decía que lo mejor que podía darme era aprender a pensar por mi
cuenta y a ser quien era. Y que la mejor herencia de un padre a su
hijo era aprender a vivir y morir con dignidad.

Al atardecer, de regreso a casa, le gustaba pasear descalzo por la
playa con la marea baja y contra el sol rojizo y cálido del atardecer y,
en uno de sus paseos, conoció a Mariluz, una actriz de Alburquerque
que, como tantas aspirantes de actriz de la época y también de ahora,
se había trasladado a Los Angeles con el sueño de hacer carrera en el
cine. Mariluz era muy joven y estaba sola y sin recursos en la ciudad y
mi padre, para ayudarla, le ofreció vivir en su apartamento. Miguel se
unió con Mariluz por un espíritu de apoyo al necesitado que, como
él en el pasado, requería ayuda y no tenía a nadie en quien amparar-
se. A él le habían asistido y él iba a hacer lo mismo con los que estaban en una situación como la suya. Su vida sentimental estaba destinada a ser una búsqueda imposible de reproducir en el otro lo que
había conseguido con Peggy. Un otro que se le escapaba de las
manos en cada relación que emprendía con el deseo de establecer
un principio nuevo sobre el que construir un nexo estable y satisfac-
torio. "No he tenido éxito en el amor, me confesó un día. Alcancé el
máximo con Peggy y después todo ha sido descender, tratando de
ajustarme a una realidad menor que no podía satisfacerme".

Mariluz era jovial y bienintencionada, pero carecía de la densi-
dad y profundidad emotiva que mi padre buscaba en los demás y que
yo espero en parte haber heredado de él. Como les ocurre a la mayoría de los que están en su situación, Mariluz no consiguió nunca el trabajo que ansiaba en los estudios y se cansó pronto de su búsqueda
fallida. Una mañana, Miguel vio una nota en la mesa de la cocina

donde le decía que lo lamentaba, pero que regresaba a Alburquerque: Hollywood –se quejaba en la nota– era un lugar demasiado difícil y no podía continuar allí con él sin trabajo y sin futuro. Ella le quería pero no podía aceptar la inseguridad perpetua de la ciudad
supuestamente áurea. Le invitaba a que fuera a verla a Alburquerque
cuando quisiera.

A las pocas semanas de esta abrupta despedida, mi padre se fue
a Alburquerque con Mariluz y allí produjo materiales escritos y visuales sobre el Suroeste americano que le apasionó siempre porque le
parecía tan diferente del medio urbano de Barcelona y Europa en
general. Hollywood seguía atrayéndole, pero al mismo tiempo sus
imposiciones arbitrarias y su inestabilidad intrínseca y fundamental
con frecuencia le parecían asfixiantes. Habitar los paisajes ocres y
desérticos de Nuevo México fue para él una terapia personal valiosa
aunque no duradera ya que Mariluz le dijo pronto que marchaba a
Florida a trabajar en Talahassee donde le había surgido una oportunidad en publicidad con un amigo que había conocido en un viaje.

Mi padre dejó el *Southwest*, el suroeste americano, pero volvió a
él repetidas veces y conoció allí a Georgia O´Keeffe y Ramón Sender
y más tarde a Ángel González y filmó esa zona de América y su
ambiente de nueva frontera. He visto y he estudiado sus proyectos fil-
mados y los integraré de algún modo en mi película.

Miguel no perteneció nunca a un solo lugar. Fue un hombre
del mundo. Pertenecía al mundo y quería ser del mundo, no de un
país o una ciudad, sino de muchas partes. Aprendí eso de él. Roto el
centro de enraizamiento y estabilidad que representó para él Peggy,
la vida de Miguel se convirtió en un deambular constante siempre en
búsqueda de algo distinto. Marchó al este del país, a Filadelfia y
Nueva York, donde le habían dicho que tenía más opciones de trabajo como guionista. A mí me llevó a vivir con la familia de unos amigos
que vivían en Long Island y él pudo descubrir y explorar la ciudad de
Nueva York que luego formaría parte de sus guiones y que, por tanto,
yo pienso incorporar también a mi película.

Miguel no encontraría nunca ya el descanso y, en esa búsqueda ininterrumpida, está su grandeza. Durante un tiempo me sentí abandonado por él porque me arrastró consigo y me condenó al movimiento perpetuo, siempre de aquí para allá, pero luego entendí que siguió su destino y me integró dentro de él y que esa fidelidad a una llamada interior, después de acometer lo que él llamaría la decisión a la vez fatídica y providencial de su vida, su alejamiento de los orígenes, le da la singularidad por la que le admiro.

V. LA CIUDAD DEL MAR

Durante nuestra estancia en Barcelona, Nadia y yo nos convertimos en considerables expertos en la ciudad. Yo, porque quería explorar y confirmar lo que Miguel me había anticipado sobre su ciudad y Nadia porque, para ella, aquella ciudad era lo opuesto de los medios urbanos que ella había conocido siempre y le abría a una perspectiva diferente. Filmamos con la Sony digital numerosas tomas que se concentraban en las zonas bajas de la ciudad, de la Gran Vía hacia abajo. No es que no nos interesaran los aspectos más estéticos de la ciudad, los edificios de Gaudí, Doménech i Montaner y Puig i Cadafalch, el circuito modernista, edificios que nos parecían de una belleza deslumbrante, sino que sabíamos que la vida de Miguel se había centrado en la zona en torno al puerto y el Paral.lel, que es precisamente donde se había iniciado la historia milenaria de la ciudad.

Nuestra relación apasionada con la ciudad tenía además un aliciente sobreañadido. Nadia y yo empezamos a querernos de verdad en Barcelona. Los dos habíamos planeado aquel viaje como una aventura en común, dos jóvenes aspirantes al cine, yo en dirección y ella como actriz, que tenían la posibilidad de participar juntos en un proyecto prometedor. Ella sabía de Barcelona lo que yo le había contado y las fotos y datos que habíamos visto en internet. Poseíamos información abundante sobre la ciudad, pero no estábamos preparados para la explosión emotiva que nos aguardaba a nuestra llegada. Nos cautivaban sobre todo los olores, los colores, el ruido, la suciedad de las calles. Frente a nuestras calles desiertas y pulcras de Los Angeles, aquel trasiego interminable y constante de gente. Y fue ese amante seductor y peligroso, compartido en común, el hecho de que a los dos nos apasionaba la misma ciudad y que la descubríamos juntos en torno a la realización de un proyecto que nos pertenecía a los dos, lo que nos unió no tanto físicamente como emotivamente, dándonos una orientación, un lenguaje y una ideas compartidas por igual. Estábamos persuadidos de que nuestra película iba a tener éxito, la presentaríamos en los festivales, seguiríamos con ella el circuito ruin de los neófitos y principiantes, pero estábamos convencidos de que estaba destinada al éxito porque jugábamos con unos personajes extraordinarios y porque los dos creíamos por igual en lo que hacíamos. Miguel, una ciudad y una cámara nos unían por encima de las divergencias.

Otro aspecto que surgió intensamente en mi relación con Nadia durante la estancia en Barcelona fue la afinidad con respecto a nuestros orígenes. Como yo, Nadia tenía también un pasado familiar de inmigrante y eso creó una narrativa en común que fue hilvanándose entrelazada con la narrativa en torno a mi padre, sus amigos y la urbe icónica en la que nos hallábamos.

Para mi padre Barcelona había sido una ciudad ambigua, transfigurada y enaltecida a través del filtro purificador de la nostalgia, pero percibida también como una madrastra huraña y malvada que le había abierto heridas profundas de las que nunca se había restablecido por completo. Para Nadia y para mí, Barcelona era, de otra manera, un medio virgen y prometedor, que nos incitaba a redefinir nuestras vidas. La vida en la calle de aquella ciudad, frente a la vida de interiores de las ciudades americanas donde nosotros habíamos vivido, facilitaba la extroversión y el diálogo y Nadia me contó que su padre rumano había emigrado a los Estados Unidos sin nada en los bolsillos y su única esperanza había sido siempre ella, su hija, que debería superar sus limitaciones. Ocurrió que, en contra de sus previsiones, la hija, en lugar de médico o abogada, quería ser actriz y eso al principio le había causado un disgusto desolador hasta que finalmente se había adaptado a la idea e incluso, al final, le había dado dinero para financiarle aquel viaje.

Su padre había hecho todo tipo de trabajos, limpieza de calles, construcción, cocinero hasta que finalmente había conseguido un empleo como miembro de la seguridad de una empresa, se había casado y con el sueldo de él y de su madre habían conseguido una cierta estabilidad. No había habido sueño americano para él más que sólo el que podía realizarse a través de ella y ella le había decepcionado. Ser actriz estaba entre las peores opciones que ella podía haber elegido para satisfacerlo a él, educado en las tradiciones familiares del viejo país dejado atrás, la dictadura, el miedo, las restricciones, sólo le quedaba demostrarle ahora a su padre que realmente esa profesión también era valiosa y con Mike y su película era un modo de hacerlo. Durante un tiempo, su padre le había retirado incluso la palabra y ni siquiera se había visto con ella, pero había surgido este viaje, y eso le había entusiasmado, sobre todo porque le había hecho ver que su hija era capaz de empeñarse en proyectos sugestivos y a él, hecho todavía en la gran Historia épica y heroica de la Europa de las guerras y los enfrentamientos dantescos de las ideologías, esa película en torno a un hombre de su generación le había parecido una noble idea que era digna de su atención e interés. En eso al menos, su hija era capaz de elegir apropiadamente. Y, además, a su padre le había gustado Mike, porque su película le parecía un homenaje justo a unos hombres que la historia estaba ya a punto de arrumbar definitivamente en el trastero de los muebles viejos e inservibles. El testimonio de Mike y de su hija a esos hombres y esos tiempos era un reconocimiento de que a los jóvenes les atraía todavía ese tiempo de héroes tal vez grandilocuentes y pomposos pero dotados de una integridad incuestionable. Su padre le decía que, si ella tenía éxito y era dichosa, los horrores de su tiempo no habrían ocurrido en vano.

Una tarde subimos con Daniela y el Siscu al cementerio de Montjuic. Lo hicimos para cumplir con el compromiso que yo había asumido con mi padre de que sus cenizas se depositaran en Barcelona. Se realizaba así su predicción cuando me decía que había girado de aquí para allá por el mundo, pero sabía que finalmente regresaría a casa y que el Poble Sec y Montjuic eran sus raíces y allí iba a volver.

Subimos por las calles empedradas del enorme cementerio y, mientras el Siscu y Daniela nos relataban los hechos calamitosos que había presenciado aquella montaña desde la guerra civil en adelante, Nadia y yo, acostumbrados a los cementerios de impecables verdes céspedes y pequeñas lápidas blancas de Los Angeles, nos asombrábamos ante los alineamientos de nichos iguales y monótonos de aquel cementerio. El automóvil avanzaba lentamente por entre las anchas calles del cementerio y, a medida que ascendíamos, se avistaban en la distancia los muelles, las grandes cisternas cilíndricas de melaza y grano, los hacinamientos de carbón, los silos de trigo, las grúas y contáiners, los buques de carga, el movimiento lento pero inexhaustible del puerto y, más lejos, los diques del rompeolas donde Miguel me había dicho que se había paseado con sus amigos. Era triste que mi padre volviera así, ya demasiado tarde, a ese *omphalos* primordial y materno, su punto de partida de donde había emergido hasta llegar a su último destino al otro lado del Atlántico. Yo me había transfigurado en sus ojos y, cuando miraba, lo hacía por él y quería mirar con la misma melancolía, emoción e ira con que él habría mirado de haber estado a tiempo de venir aquí por su cuenta.

Llegamos a la parte más alta de la montaña y, desde allí, por encima de los cipreses, la vista del puerto era completa. Miguel había visto aquel mar y aquel puerto y había soñado con intensidad en ellos y ahora estaba yo allí para realizar el deseo de su último retorno. Nadia me dijo después que había visto a Daniela derramar lágrimas por el amigo muerto al que ella había amado como probablemente no había amado nunca más a nadie y esas lágrimas le habían persuadido de que nuestra película merecía la pena, que tenía sentido aquel homenaje a aquel hombre a quien ella no había conocido nunca pero que, a través de mí, había aprendido a amar como algo suyo.

El Siscu y Daniela se mantuvieron en silencio, con la cabeza inclinada y las manos enlazadas, mientras depositábamos la arqueta con las cenizas en la tumba abierta. La tumba que sería también la de aquellos amigos fieles que le habían acompañado hasta el último momento. Envolvimos la arqueta en un pañuelo morado de seda que había sido de Peggy señalando así la unión de aquellos dos seres a los que el destino había separado momentáneamente y ahora la muerte reunía de nuevo. Después, el enterrador colocó la losa sobre la tumba cerrándola tal vez para siempre.

El sol declinaba más allá de los muelles, por detrás de los buques atracados en la distancia. Yo oía en mi mente el *Réquiem* de Mozart que Miguel escuchaba con frecuencia y me oí a mí mismo pronunciar unas palabras de despedida que me salieron espontáneamente en una mezcla de inglés y español, las dos lenguas que habían determinado la vida de Miguel y crecientemente la mía. *Forever, dad, forever.* Gracias, gracias por todo y hasta siempre.

Desde la altura de la montaña, filmé pausadamente el panorama del puerto que se extendía a lo lejos y entendí por qué mi padre había querido volver a este punto de origen como si su viaje hubiera sido un prolongado paréntesis que se cerraba ahora. Los restos de Peggy habían quedado en Los Angeles, vidas truncadas que yo venía a cerrar con este acto en aquella montaña que había aprendido, como extranjero, a comprender como un lugar de enfrentamiento y aflicción pero también para mí, Miguel y sus compañeros como un punto de reunión y encuentro. El Siscu y Daniela seguían en silencio, sobrecogidos, aquel acto que para ellos sellaba un pasado y les hacía dolorosamente patente la inminencia de su propia caducidad. En la distancia Miguel había constituido, para ellos, una esperanza de superación de su propio presente y la afirmación de que era posible llevar una vida personal y única. Aquel era el final no sólo de Miguel sino de todo su grupo, el enterramiento de una quimera conjunta que se disipaba ineluctablemente ante sus ojos. Les capté con la cámara y cuando miré sus rostros en el *replay* advertí que lo que había captado en ellos era el término de una versión de la temporalidad tan bella como irrealizable. Tenía que acabar mi película porque se extinguía la memoria viva de una época heroica y aciaga que yo me negaba a admitir que había fracasado en sus magníficos y quijotescos proyectos. Mi padre había escapado de aquel hundimiento colectivo pero lo había hecho pagando con el aislamiento y la separación.

Descendimos por la montaña sin decir palabra. Nadia iba sentada a mi lado y me apretaba la mano con fuerza pues entendía que aquel momento había sido particularmente angustioso para mí. Llegamos a la plaza de Colón, donde Miguel se había paseado de joven y me había dicho que le gustaría volver a pasearse y decidí que aquel sería el punto de inicio de mi película: Miguel emprendiendo el viaje hacia México para no volver jamás a aquella ciudad más que a través de mí y mi película.

Por la noche, el Siscu me entregó un sobre con las cartas que se había escrito con Miguel y me dijo que podía quedármelas: "si no te las doy a ti, se van a perder, tú eres quien las va a guardar mejor y además a lo mejor podrás utilizarlas para tu película". Daniela me entregó también recuerdos y mementos que conservaba de su relación con Miguel: cartas y libros que ambos habían leído y algunas fotos borrosas de la época de la guerra. Miguel había sido un compañero admirado y aquellos dos últimos vestigios de un momento pasado eran la mejor prueba. Mi película era un combate contra el destino y el tiempo y era imperativo que en ella se produjera alguna victoria, siquiera momentánea, sobre ellos. No tenía más opción que conseguirlo.

Después de Barcelona, Nadia y yo habíamos decidido que iríamos a Suiza a encontrarnos con Frank, el antiguo colaborador de Miguel en Hollywood, pero antes teníamos que cumplir con otra promesa que le había hecho a mi padre y era el recorrer las calles del barrio de la Catedral detrás de Porta de l'Angel. "Tú lo haces por mí –me había dicho, conmovido– y es como si yo mismo lo hubiera hecho". Con la cámara digital al hombro, empezamos el camino que va desde Portaferrisa hasta la plaza de Catedral. Nuestro paseo era una repetición precisa del camino que mi padre me había señalado. En realidad, era él quien paseaba ahora por aquellas calles, aunque no creo que mi padre hubiera querido volver a aquella ciudad. Era mejor que se quedara permanentemente con aquella imagen suya, borrosa y en blanco y negro, que enfrentarse a esta realidad de una ciudad en technicolor y Dolby Stereo desvinculada de su memoria.

Después de habernos despedido de Daniela y el Siscu, ya no nos quedaba a Nadia y a mí mucho por hacer en aquella ciudad que

hablamos vivido a través de las narraciones y relatos de los demás. Yo le decía a Nadia que ahora era más consciente que nunca que la Barcelona de la que mi padre me había hablado con pasión había dejado de existir y que ni él ni yo podíamos reconocernos en ella. La ciudad heroica había cedido el paso a una ciudad sin alma, como tantas otras. Una ciudad que no iba a volver, que estaba perdida para siempre y que concluiría con Miguel y sus compañeros. Yo seguía prefiriendo la narración de Miguel a la realidad objetivamente física que mis ojos presenciaban. Nadia procedía de un origen diferente y tenía otros condicionamientos, pero también estaba de acuerdo en que debíamos partir de allí antes de que el encantamiento se deshiciera por completo. Los turistas que invadían las calles angostas del barrio de la Catedral mancillaban una memoria que era inviolable para nosotros y los veíamos como grotescas figuras incompatibles con nuestra visión de la ciudad.

Habíamos comprado billetes para partir en tren desde la estación de Francia pues queríamos salir de una estación situada en la parte de la ciudad con la que Miguel se sentía vinculado. El día antes de marchar decidimos cumplir con otro acto ritual que también le había prometido a mi padre realizaría cuando fuera a la ciudad perdida de sus sueños.

Nadia y yo bajamos por las calles que rodean la plaza Sant Jaume y nos dirigimos al puerto. A diferencia de los muelles y empalizadas que ocupaban el paseo de Colón que yo había visto en las fotografías del período de la guerra civil, ahora el paseo estaba abierto al mar con restaurantes, salas multiplex de cine y elegantes barcos de recreo. Yo tenía en mi mente las imágenes de las Brigadas Internacionales desfilando por el paseo de Colón antes de su marcha en los últimos tiempos de la guerra y lo que presenciaba desconfirmaba mi recuerdo. Los transeúntes displicentes, el tráfico masivo, el movimiento incesante de gente y vehículos eran una afirmación de que el pasado se había desvanecido. Mi padre había estado arrestado en uno de aquellos edificios oficiales después de la entrada de las tropas de Franco en la ciudad y ahora no había allí ningún vestigio de aquel

dolor. La inconsciencia colectiva se había impuesto sobre todas las demás opciones. Yo entendía que racionalmente tal vez era mejor que fuera así. La armonía colectiva tiende al olvido, el lavado de la historia. Pero yo tenía mi historia personal que completar, sabía que no volvería a aquella ciudad en mucho tiempo, probablemente nunca, y querría cerrar mi estancia allí con el cumplimiento de la voluntad de Miguel.

En el puerto, los vendedores ambulantes de cucuruchos, helados y palomitas paseaban su mercancía ante los numerosos paseantes que se dirigían al puente levadizo que conecta la plaza de Colón con las nuevas instalaciones de Imax, las tiendas y el acuario. Compramos entradas para una de las embarcaciones que seguían llamándose golondrinas, como Miguel me había dicho se llamaban en la época en la que él vivía en la ciudad. Contrastando con los hoteles y construcciones modernas que se habían erigido en la zona, las golondri-nas conservaban el aspecto de embarcaciones viejas y desvencijadas como un vestigio incongruente de otra época.

Subimos al segundo piso de la embarcación, que estaba vacío. La golondrina avanzaba lentamente entre los grandes barcos de pasajeros y barcos mercantes atracados en los muelles. El sol se ponía más allá del horizonte de los malecones y las grúas de carga. A un lado quedaba la torre del reloj de la Lonja de pescadores donde Miguel me había dicho había trabajado algunos días a destajo como temporero. Al otro lado quedaba el promontorio de Montjuic con el castillo en la cima y las hileras de los nichos que se extendían por la vertiente frontal de la elevación hasta llegar a la falda de la montaña. La combinación de la fuerza militar y la muerte encarnada por los cañones y las tumbas junto con la vitalidad del puerto se interponía con la narración de Miguel y desgarraba violentamente nuestras con-ciencias. Marchábamos al día siguiente de una ciudad a la que ya no regresaríamos, pero que ocupaba un lugar central en nuestra pelícu-la. La brisa marina soplaba fuertemente sobre nuestros rostros inten-sificando la hosca sensación de aislamiento y abandono que se iba apoderando de nosotros. Estábamos solos en el tiempo. Lo que nos

rodeaba no existía, como si hubiéramos sido cercenados brutalmente de todo el entorno. Sólo existían el relato de Miguel y nuestra película, pensé, mientras advertía que Nadia lloraba en silencio.

La golondrina llegó al Rompeolas, que estaba desierto. Subimos por unos escalones de cemento hasta la parte superior del malecón. El sol agonizaba ya tras las nubes grises de la primera noche. Las olas batían con fuerza contra las rocas y la humedad y el viento aumentaban el frío que penetraba aquel ambiente gris y oscuro. Intuía que el mundo y el tiempo se habían detenido mágicamente en ese momento singular. Sentía como si todo mi pasado y futuro hubieran dejado de significar de manera independiente y autónoma y su sentido se concentrara en aquel momento único que nosotros mismos habíamos modelado para vivirlo a nuestra manera. Sin yo decirle nada, Nadia había empezado a filmar. Saltando por encima de los enormes bloques de cemento que parapetaban el muelle, me aproximé hasta donde las olas batían con más fuerza. En la mano llevaba la llave del piso de Blai donde mi padre había vivido antes de su marcha y que había conservado siempre hasta que –decía él– regresara a su ciudad. Cuando, debido a los achaques de su edad, advirtió que ya no podría tomar un avión de regreso, me entregó las llaves y me dijo que, cuando fuera a Barcelona, las arrojara al mar del Rompeolas enfrente de la montaña de Montjuic. Yo venía a clausurar así un ciclo y una promesa que, cuando la hice, no sabía si podría llegar a cumplir. Ahora había llegado finalmente la consumación del destino. Levanté la mano donde llevaba las llaves y esperé frente al mar. Nadia seguía filmando desde el malecón. Me acerqué más al mar hasta que las olas empaparon mi ropa por completo y el agua me chorreaba por la cabeza, la cara, el pelo. Presentía que en aquel acto trascendía las limitaciones del tiempo y me fundía con el mar como la fuente y el término de la vida. Esperé durante un tiempo interminable frente al mar rugiente. Las olas se sucedían una tras otra con progresiva violencia. Cuando llegó la ola más alta y embravecida arrojé al mar las llaves que se perdieron en un instante y para siempre entre la espuma y la turbulencia de las aguas.

El deseo de mi padre se había cumplido. No teníamos ya nada más que hacer allí. El viaje de regreso, ya anochecido, lo hicimos Nadia y yo, otra vez en el piso superior de la golondrina, los dos estrechados firmemente uno junto al otro, yo tiritando de frío, ella rodeando mi hombro con sus brazos, frente a las luces de la ciudad, que, desde la embarcación, se abrían a ambos lados de las Ramblas, Paseo de Gracia arriba, arriba, hasta llegar a la cumbre iluminada del Tibidabo que desde la altura parecía acoger algo absurdamente en su seno aquella ciudad que para mí había dejado de existir en el presente y que, más allá de ese tiempo para mí fútil, quedaba inserta en un espacio atemporal y eterno. A la mañana siguiente, sin hablar, exhaustos y anonadados, Nadia y yo abordábamos el tren hacia Ginebra.

VI. EL ASESINO OCULTO

Antes de la salida de la estación de Francia, Nadia y yo pudimos contemplar, extasiados, su estructura curvada de hierro y cristal, su reloj
de grandes números romanos y agujas de metal y su elegante vestíbulo de mármol. Miguel me había hablado de las locomotoras de carbón que salían y llegaban de allí en trayectos de largo recorrido y yo
prefería filmar para mi película esa estación que la de Sans, subterrá-
nea y más moderna. Nuestro compartimento iba vacío y, durante el
trayecto, pudimos revisar sin distracciones el material que habíamos
filmado hasta ese momento. Los dos estuvimos de acuerdo en que el
testimonio de Daniela y el Siscu debía ser un componente decisivo
del film. Habíamos iniciado el proyecto como una narración semi-
biográfica en torno a Miguel y se había ido transformando en la crónica de una generación truncada por un tiempo aciago.

Ni Nadia ni yo habíamos viajado casi nunca en tren pues en
California no se usan más que el automóvil y el avión y, apoyados
contra la ventanilla, contemplábamos el paisaje que se deslizaba
ante nosotros. Estábamos satisfechos del modo como se desarrolla-
ba nuestra película. Habíamos filmado mucho material en Barcelona y, junto con el manuscrito y la otra documentación que teníamos de Miguel, más lo que habíamos filmado ya en Los Ángeles y
otros lugares de California disponíamos del núcleo de lo que nece-
sitábamos para la composición y edición del film. La película iba a
ser un proyecto de formato múltiple que incluiría tanto el documental como la ficción reconstruida y episodios y concluiría probablemente con la escena que habíamos filmado en el Rompeolas.

"Tenemos una buena oportunidad en los festivales. La presentare-
mos a varios hasta que nos hagan caso. Es un tema nuevo en América y la guerra civil española sigue interesando o sea que podemos
tener éxito –le dije, confiado, a Nadia en el pasillo de nuestro

vagón–. El mundo de los festivales es engañoso, pero es un primer paso que hay que intentar. Daniela y el Siscu son los mejores acto- res del mundo, son espontáneos, me recuerdan a los de Rossellini o De Sica y hablan con el corazón sabiendo que les queda poco tiem- po para afirmar su verdad ante el mundo. Ellos nos van a dar la garantía de la verdad, la autenticidad que una película de esta clase ha de tener."

Nadia estaba más entusiasmada que yo mismo con el proyecto, su primera película, ella hasta ese momento sólo había interve- nido en algunas representaciones de teatro local, primero en San Diego y luego en Los Ángeles. Estaba segura de que *En blanco y negro* iba a ser un éxito porque era una película, decía, "con un propósito serio, ambicioso, que contrasta con la mediocridad general del cine de espectáculo", que ella menospreciaba. "Esto no es Van Damme, o Bruce Willis o Schwarzenegger o las películas de Brad Pitt y Julia Roberts. Queremos decir algo que quede, que nos conmueva y afecte a todos nosotros. Me gustaría que todos se interesaran por las perso- nas ya desahuciadas por el mundo, como Daniela y el Siscu, y que fueran capaces de estimar y valorar la vida y el esfuerzo de Miguel. Sólo así el arte merece la pena".

Por encima de mi escepticismo, yo no tenía otra opción más que creerla. Hallaba su entusiasmo contagioso y me dejaba arrastrar por él, mientras el tren recorría en un silencio monótono y adorme- cedor los campos del *Midi*, rumbo a Lyon y luego Ginebra. Yo sabía que colocar una película de esas características con poco atractivo para un público mayoritario sería difícil, pero no me importaba el aspecto financiero del proyecto, estaba dispuesto a hacerlo aunque me arruinara, no me importaba, para mí era un compromiso con Miguel y el mundo al que él perteneció.

A la llegada a Ginebra, Frank nos esperaba en el andén de la estación. Me sorprendió verlo en una silla de ruedas pues no sabía que estaba incapacitado.

–Cosas de la edad –nos dijo con resignación nada más bajar del tren–. Me caí en la calle hace unas semanas y me rompí la cadera. A

lo mejor ya no vuelvo a poder andar. La vejez te juega estas malas pasadas.

Acompañaba a Frank un asistente que empujaba la silla de ruedas. Frank había venido a Suiza hacía años harto, se lamentaba, "del clima de asfixia intelectual de América donde, no se podía pensar, ni hablar, ni siquiera fumar en libertad". Había colaborado con mi padre en varios proyectos y habían sido buenos amigos, incluso después de su separación cuando Frank vino a Europa y mi padre se trasladó a la playa de Balboa, a esperar en paz, decía él, la llegada de la *Lady* de negro que nunca falta a su cita.

Frank nos llevó a su casa en las afueras de Ginebra junto al lago Lemán. Nos había dicho que no quería morirse sin que su testimonio quedara registrado para la posteridad. Y nosotros éramos su última oportunidad. El relato de su amistad con mi padre nos produjo a Nadia y a mí una inesperada sorpresa y me descubrió un aspecto imprevisto de mi padre, un secreto que se había llevado a la tumba sin confesármelo por alguna razón secreta.

Sentados en la confortable sala de su casa, contemplando desde la terraza las aguas grises del lago, Frank nos contó el episodio de la vida de mi padre que él deseaba formara parte de nuestra película.

"Miguel y yo nos conocimos en los años grandes de Hollywood –nos relató Frank–. Él trabajaba en los aspectos escritos de la composición de películas y participó en muchas películas que el tiempo ha olvidado para siempre. Hollywood es una industria eficiente y dura y no da ni espacio ni tiempo más que a los más afortunados e implacables. Y luego, cuando ya no los necesita, los arrincona con la misma facilidad y rapidez con que los había encumbrado. Miguel era demasiado honesto e idealista para triunfar en ese ambiente, pero tenía una cualidad maravillosa. Era un hombre humilde y sutil que sabía adaptarse a las circunstancias y sabía sobrevivir en el medio más hostil. Participó en la edición de películas horribles en las que hubiera preferido no estar nunca pero tenía que sobrevivir y tenía que ocuparse de tu educación y cuidado. Yo trabajaba en la sección de cinematografía. Lo pasamos todo, la caza de brujas, la marcha de Chaplin, el primer Brando, Elia Kazan, pero fuimos siempre *outsiders* y esa condición nos unió porque estábamos en la Industria pero nunca nos identificamos con ella, sino que a nuestro modo nos distanciamos, aunque teníamos que subsistir dentro de ella. Yo tenía entonces una casa en Long Beach junto a un canal y pasábamos allí algún fin de semana juntos. Miguel me hablaba de su vida antes de llegar a América, las privaciones, los viajes, me hablaba de Peggy, que fue su único amor verdadero, y, sobre todo, me hablaba de Barcelona, una ciudad que tenía completamente idealizada y que no dejó nunca de formar parte integral de su vida, por encima de la distancia y el tiempo.

"Miguel lamentaba haber tenido que marcharse de aquella ciudad en la que se había formado como ser humano, y que, para bien o para mal, le había definido indeleblemente. Sabía que no iba a volver nunca, pero al mismo tiempo no era capaz de olvidarla. Quería volver con sus amigos, aunque en los últimos años, cuando ya estaba enfermo y no podía moverse con la fortaleza y agilidad del pasado, decía que volver a ver a Daniela o al Siscu, después de tanto tiempo, podría matarle por la emoción. Y tenía un secreto en esa ciudad, un secreto que no quería que se olvidara para siempre y que quería confesar para descargarse de su culpabilidad. Me decía que no podía contárselo a nadie y menos a ti, Mike, porque era otro Miguel y no el que yo conocía el que había intervenido en todo aquello. Me dijo que tenía las manos manchadas de sangre, que, durante los episodios de la ciudad durante la guerra civil, él había participado en una de las requisas que ocurrieron en la ciudad y que en ella había habido un asesinato. Me lo explicó varias veces con todo detalle, supongo que porque la descripción minuciosa era un modo de liberarse del remordimiento que le atenazaba.

"Fue en la parte alta de la ciudad. Según me contaba Miguel, la ciudad en esos días, era un caos absoluto y la violencia se había apoderado de todo. Miguel no era una persona violenta, pero era idealista y joven y estaba sujeto a las presiones y al miedo de los compañeros. No mostrar la suficiente capacidad para la acción incluyendo la violencia podía costarte la vida como colaborador. El estaba asociado con algún grupo anarquista conectado con la FAI. Organizaban razzias nocturnas de depuración de la ciudad contra los traidores a la revolución. Iban por la parte alta de la ciudad a casas de alguien que había sido delatado y Miguel se vio involucrado en una de esas salidas nocturnas. Subieron en un camión con un grupo armado. Miguel no llevaba armas ni fue partícipe voluntario en aquella salida, pero tuvo que enrolarse en ella porque temía por su vida. No haber salido en aquella expedición le hubiera marcado ante sus compañeros como un traidor con graves consecuencias para él. Subieron por el paseo de Gracia arriba hasta llegar a una de las casas de la zona de Sarrià. Rodearon la casa para que nadie pudiera escapar y golpearon en la puerta repetidas veces hasta que finalmente abrió la sirvienta. Entraron a saco en la casa, con los fusiles y revólveres en las manos, gritando a la búsqueda del señor de la casa que encontraron en la buhardilla escondido tras unos muebles. Miguel siempre se sintió culpable de aquella violación de la integridad de alguien cuya única culpa era supuestamente pertenecer a un bando ideológico diferente del de los otros. Miguel nunca se perdonó el haber participado en aquella expedición y en haberse convertido en un cómplice de ella. Después se enteró de que aquel hombre había sido fusilado y él se hacía responsable de su muerte al haber participado en un acto colectivo de victimización. Era un asesino. En ese momento, no había sido consciente de lo que hacía, incluso lo justificaba con diversas razones, pero con los años ése era el único acto de su vida del que se lamentaba y que él deseaba haber podido cambiar y realizar de otro modo. No haberlo hecho le creaba una culpabilidad de la que quería liberarse".

Frank nos refería este relato para que lo incluyéramos en la película y de esa manera contribuyéramos a la expiación de la culpa personal que Miguel había sentido. Me dijo que Miguel no me había contado nunca ese episodio más que de una manera vaga para que no me avergonzara de él, a pesar de que yo, al cabo de los años, hubiera entendido la situación y hubiera exculpado a mi padre de cualquier responsabilidad. Yo no podía erigirme en su juez sin conocer las circunstancias turbulentas en las que tuvo que vivir durante su juventud, una juventud mucho más difícil que la mía y que, por tanto, no tenía derecho a condenar. El suyo había sido un tiempo excepcional y había que considerarlo a partir de las premisas que lo definían, no de las nuestras personales.

–Miguel no quería hablar de este tema más que conmigo –proseguía Frank en su relato–, porque me decía que los demás no hubieran entendido e incluso podían haberlo considerado en contra de él en el ambiente enrarecido de los estudios. Miguel cómplice, como decía él, pero también, según me decía, mediador en la salvación de otros durante el período de mayor tensión, ya avanzada la guerra, en aquella ciudad bajo las bombas y el desorden más absoluto.

Nada en la casa de Frank recordaba el ambiente de las calles de Barcelona en las que mi padre se había movido. Teniendo a la vista el lago, envueltos en una tranquilidad reconfortante, parecía una incongruencia hablar de un episodio ocurrido hacía mucho tiempo y que parecía completamente desvinculado del presente. Y, no obstante, tenía que seguir con la exploración de ese segmento de tiempo precisamente porque ya quedaban pocas oportunidades de completarlo con información de primera mano. Aquel hombre en la silla de ruedas era el último testigo de un acontecimiento determinante en la vida de Miguel que había llevado como un lastre en su conciencia durante toda su vida y del que ahora podía redimirse póstumamente a través de la catarsis del arte.

Nadia nos filmaba a Frank y a mí mientras hablábamos en la terraza después de la comida. Yo escuchaba a Frank, absorto, casi sin proferir palabra, pues me asombraba lo que me estaba narrando ya que era como si mi padre me hubiera ocultado algo esencial de su vida, una pieza imprescindible y que ahora que esa pieza se integraba en el todo yo podía así conocerlo mejor.

–Miguel era una gran persona –prosiguió Frank–. Mi mejor, tal vez mi único amigo en los estudios, en donde las cualidades humanas auténticas, como la lealtad y la fidelidad, son tan raras. Yo podía confiar en Miguel *no matter what*, más allá de cualquier condición, yo le decía que era mi amigo porque venía de otro mundo y que no entendía cómo había sido capaz de preservar esas cualidades en el ambiente malsano de los estudios de cine en donde la traición y la falta de generosidad predominan... Quería contarte todo esto porque sabía que Miguel quería que te lo contara porque confiaba en mí. También quería entregarte unos objetos personales suyos para que los conserves tú. A mí me queda ya poco tiempo de vida y estarán mejor en tus manos.

Moviendo su silla de ruedas con las manos, Frank se acercó hasta una cómoda. Abrió un cajón y sacó dos cajas de cartón atadas con una cinta.

–Estos son los manuscritos de todos sus guiones, tanto de los que se produjeron como de los que no se filmaron nunca, y de una colección de papeles, datos y documentos de sus años en los estudios. Es la crónica de su vida en Hollywood –dijo entregándome los documentos con manos temblorosas–. Desde su primer contrato de trabajo hasta los autógrafos de los directores y compañeros y actores con los que trabajó. Puede servirte para tu película.

El regalo de Frank me conmovió profundamente. Le di las gracias por aquel presente que para mí supondría un material de gran importancia para la composición final de mi película y le pedí a Nadia que volviera a hacer varias tomas de aquella entrega y que filmara la sala de Frank, llena de recuerdos de América: fotos del *Strip* de noche, de la portada de la Metro, de su antigua casa colgada de las laderas de Malibú. Frank moriría también lejos de su tierra, como Miguel, como tantos otros a los que la mano arbitraria del destino les había señalado con la muerte lejos del hogar de origen.

Despedirse de Frank fue difícil. No cesaba de hablar del pasado, de Miguel, de Hollywood, del pequeño barrio judío de Fairfax de su juventud en Los Angeles, y me di cuenta de que los viejos requieren imperativamente hablar de su vida pasada porque carecen de un futuro y que para ellos el pasado no es un segmento de tiempo etéreo y vacilante sino que emerge con la fuerza de una realidad única, primaria e incontestable.

Frank nos acompañó a la estación de tren y, cuando, desde la ventanilla, le vi desaparecer lentamente agitando el brazo desde su silla de ruedas, cada vez más empequeñecido, me di cuenta de que mi película estaba dedicada a los que se habían quedado sin tiempo para corregir, rehacer o recomponer los datos lacerantes del pasado.

Nadia y yo no teníamos mucho más que hacer en Europa para nuestra película. Habíamos pensado en filmar en el sur de Francia donde Miguel había trabajado. Me hubiera gustado entrevistarme con Rachelle, pero habían pasado ya muchos años y mi padre no me había dado ningún dato respecto a ella. Incluso tal vez estuviera muerta ya.

En el viaje de regreso, Nadia me tranquilizó porque había notado mi preocupación respecto a la revelación de Frank y me dijo que, en tiempos de vorágine, las personas se ven obligadas a hacer actos impensables que luego lamentan y que parecen inconcebibles desde una perspectiva posterior. Yo tenía dudas sobre si debía incluir el episodio en el film, pero Nadia me dijo que debía hacerlo porque la película era un testimonio de un tiempo colectivo y no un homenaje ciego a mi padre. Así que decidí que el episodio de Frank no sólo figuraría en la película sino que lo convertiría en un segmento especial, como la expiación de una culpa colectiva en la que Miguel se había visto implicado. En realidad, ése podía ser otro principio posible de la película, el asesinato de una persona inocente a manos de un grupo de fanáticos. Y la película se movería en torno a ese episodio oscuro de la vida de Miguel como una explicación y justificación de un acto nefasto y decisivo. No sólo era él el culpable, el Siscu y Daniela, lo serían también con él.

Después de filmar unas horas en Marsella, recomponiendo imaginativamente en el puerto la partida de mi padre con Rachelle, cogimos el avión de regreso a San Diego, para ocuparnos de la última fase de la vida de Miguel, una vez había dejado ya Hollywood y se había jubilado, aquejado por la enfermedad que le había de causar la muerte.

VII. MIRANDO AL MAR

Mirando al mar. Así me había dicho mi padre que quería despedirse. Mirando al mar, evocando toda una trayectoria personal y con la imagen del rompeolas y Montjuic grabada en la conciencia. Mirando al mar. Esa sería una imagen final de mi película, un largo *panning* por las playas de Corona y Newport Beach que habían cerrado la aventura personal de Miguel.

Mi padre dejó los estudios cuando se dio cuenta de que ya no tenía nada más que hacer y decir en ellos. "Hollywood, me decía con un tono irónico y escéptico, te deja hacer hasta que ya no te necesita y entonces sólo puedes sobrevivir si te subordinas por completo a sus reglas. Así fueron engullidos allí muchos escritores. Scott Fitzgerald, Hammett, Faulkner, Miller. Hollywood es un Pantagruel de la inteligencia. Le exprime todo lo que tiene que darle, lo digiere y luego lo regurgita y escupe con desprecio. Yo no quiero acabar así. Me niego a terminar consumido por la amargura y el alcohol. Ya no tengo necesidad de eso. Prefiero retirarme a tiempo cuando todavía la decisión es mía y no de los otros".

Por ello, lo dejó todo y se fue a vivir a un *cottage* en Balboa Island, justo a unos metros del mar. Por la noche, dormía siempre con la ventana abierta para oír el rumor de las olas que a veces batían con fuerza sobre la empalizada que le protegía de las embestidas del Pacífico. Y, por la mañana, se levantaba con la salida del sol y daba paseos por la playa solitaria contemplando los pelícanos grises que sobrevolaban, majestuosos, la superficie del mar.

"Voy a alimentarme de mis recuerdos, decía. Eso me basta. Me gustaría volver a Barcelona pero estoy seguro de que la distancia entre cómo me la imagino y la realidad es demasiado grande como para que pueda quedar satisfecho. Así que prefiero quedarme con el recuerdo a sufrir una decepción".

Leía libros de historia y miraba películas en las que él había participado de un modo u otro. "Esa es mi posteridad –me decía sonriendo irónicamente–". Y mientras me decía eso yo iba concibiendo mi película, la que debía asegurar la continuidad y pervivencia de aquel ser que yo había aprendido a admirar porque había sabido superar y agrandar sus orígenes y había hecho algo personal con su vida.

Como muchos, yo descubrí de verdad a mi padre cuando ya era mayor y carecía de la fuerza para valerse por sí mismo. En realidad, lo descubrí de verdad después de muerto. Pero tengo amigos que no llegaron a tiempo de hacer las paces con sus padres y, cuando quisieron hacerlo, era ya demasiado tarde. Yo, por lo menos tuve tiempo de atenderlo y estar con él en los últimos tiempos de su vida.

Una tarde me preguntó en su jardín de Balboa: *Can you take me to Tijuana?* Y lo conduje hasta el puesto fronterizo. La vejez vive por y para la nostalgia. Quería repetir la ruta que había hecho con Peggy. Una vez en la ciudad, no bajó del coche ni una sola vez. Me indicaba con la mano: "Ahí estaba el hotel donde pasamos la primera noche juntos, por esta avenida nos paseamos cogidos de la mano, ahí está la plaza de toros donde fuimos a la corrida, ése es el frontón…, nadie me quiso como Peggy y yo no he querido nunca a nadie como la quise a ella".

Las calles estaban repletas de gente abigarrada que se movía arriba y abajo por la Avenida de la Revolución. Los colores, el olor, la fuerza de aquella ciudad elemental y vital me llenaban los sentidos y, viendo a mi padre junto a mí, en el asiento de al lado, impotente e incapaz, aquel hombre que había cruzado el océano sin un penique en el bolsillo, noté que me conmovía y la emoción me embargaba hasta que se me saltaron lenta e incontroladamente las lágrimas. Allí, nació *En blanco y negro*, en la ciudad de las ratas que obsesionaba a Miguel.

Mirando al mar. Lo encontraron una mañana, sentado en su silla de mimbre frente al mar. Junto a él, dispersas por el suelo algunas hojas del manuscrito del guión en el que estaba trabajando hacía tiempo.

Sentado frente al mar de Balboa, mientras los pelícanos, omnipre-
sentes, sobrevolaban el cielo azul sobre la espuma del mar embravecido. Estaba en una posición tan natural, como si estuviera dormido
tomando el sol, que al principio nadie advirtió que estaba muerto.
Lo vio un vecino de la casa contigua y me llamó por teléfono, "creo
que algo raro le pasa a tu padre, hace tiempo que no se mueve en su
silla del jardín, sería mejor que vinieras a comprobarlo". Cuando llegué y lo vi todavía sentado en la silla con los brazos caídos a los lados
y la cabeza inclinada sobre el pecho, me abracé a él. El hombre que
había aprendido a apreciar y a admirar ya tarde me había dejado
para siempre. Miguel murió como él había querido. En paz consigo
mismo, conmigo y el mundo, con la memoria abierta a un mar que le
había traído lejos de su principio y que le había otorgado el ser lo
que nunca hubiera podido ser si no hubiera dado el paso hacia lo
incógnito e inexplorado. En ese mismo instante, mientras recogía las
hojas del manuscrito para que no se las llevara el viento, me prometí
que Miguel no moriría por completo y que tendría el recuerdo que
él y los que eran como él se merecían. El había arriesgado más que
yo, había creído en la ciudad de la luz, no sólo había creído en ella
sino que había luchado por ella, para realizarla aquí y ahora, contra
cielos y profetas falsos, había afirmado su proyecto personal malo-
grándolo en parte ya que tuvo que abandonar o por lo menos tuvo
que alterar y modificar su sueño.

   Los momentos que siguieron a mi decisión esa mañana soleada
contra el viento y el sol del Pacífico han quedado grabados en mi
conciencia y siguen martilleándola obsesivamente: cerrarle los ojos
que aún estaban abiertos, levantar su cuerpo inerte y llevarlo en brazos a su cama, depositarlo suavemente en ella, apretando su mano
que se iba haciendo más y más fría, llorando, como hacía mucho
tiempo que no lloraba, y entretanto llamar a Nadia pidiéndole frenéticamente que por favor viniera a ayudarme, que era demasiado duro
estar solo en ese momento. Y mientras esperaba su llegada, sentado
junto al cuerpo de mi padre, contemplando su rostro sereno e inerte, recordé el cuento de las dos ciudades que él me contaba de niño:

"Érase una vez una ciudad en la que siempre había luz. En esa ciudad privilegiada y bella, el sol no se ponía nunca y allí la oscuridad y la penumbra eran desconocidas. Los habitantes de esa ciudad se consideraban afortunados pues, como tenían siempre sol y calor abundantes, los campos eran feraces y les daban cuatro cosechas al año con lo cual todos los habitantes tenían siempre alimentos y provisiones para vivir en la afluencia. En la ciudad de la luz no existían la envidia ni el odio al prójimo porque todo el mundo tenía lo que deseaba y todos podían ser abiertos y confiados con los demás y podían confesarles sin temor sus sentimientos más íntimos. En la ciudad de la luz, no había hambre, ni violencia, ni privaciones e, incluso según los sabios y entendidos de aquella urbe tan singular, los científicos estaban trabajando en una fórmula para eliminar el tiempo y sus deletéreos efectos de los parajes de aquella ciudad. Los habitantes de la ciudad se consideraban especialmente afortunados porque pensaban que ellos iban a ser los primeros en vencer a la enfermedad, la vejez y la muerte. Pero un día, por los aledaños de la ciudad de la luz, apareció un hombre, alto y apuesto, de barba poblada y aspecto imponente, cubierto con una capa de oro brillante y espada afilada y reluciente. Le acompañaba un grupo de seguidores que encomiaban encarecidamente sus obras y acciones. Aquel hombre arrebatador hablaba con un lenguaje sugerente y bello que cautivaba a todo el que lo escuchaba. Subido en la escalinata del ayuntamiento de la plaza principal, empezó a predicar su mensaje acerca de la ciudad de las sombras de la que él procedía. Le decía a su público que la ciudad de la sombra era mejor que la ciudad de la luz porque en ella había cambios y los hombres y las mujeres gozaban de la luz y el día tanto como de la oscuridad y la noche y además en esa ciudad no todos eran aburridamente iguales como en la ciudad de la luz sino que unos eran más ricos y atractivos que otros y por ello podían ser más dichosos porque su felicidad no estaba sometida a los arbitrarios límites impuestos por los demás. Lo que ese profeta de la ciudad de las tinieblas les ocultó fue que en su ciudad el tiempo imperaba como ley y poder supremos y que sus gentes estaban sometidas a las lacras de la enfermedad, la vejez y la muerte. El profeta era elocuente y dominaba a la perfección todas las figuras retóricas del lenguaje. Invocaba persuasivamente a Zaratustra, Zeus, Alá y Jesucristo. Paulatinamente sus sermones y discursos fueron ganando en número de oyentes y con el tiempo llenaba el auditorio más grande de la ciudad. Los pacíficos habitantes de la ciudad de la luz empezaron a dividirse entre los que querían seguir con su ciudad de siempre y los que se sentían tentados por las promesas de riqueza y poder excepcionales de la ciudad de la noche. La división entre ellos fue aumentando hasta que, alentados y apoyados por el profeta y sus seguidores, se enfrentaron violentamente entre ellos. En ese enfrentamiento, con las armas y estrategias de combate que aportaron los venidos de la ciudad de las tinieblas, vencieron sin dificultad el profeta y sus prosélitos que pronto ocuparon todos los puestos de poder. En poco tiempo, la ciudad de la luz perdió la paz que la había caracterizado antes, el sol se hizo menos potente y brillante y su fuerza se fue apagando sobre aquella ciudad hasta que las tinieblas se impusieron por completo sobre los habitantes de la ciudad y sobre ellos se implantó para siempre el reino del tiempo con sus atributos ancestrales de la enfermedad, la vejez y la muerte. Y así siguen hasta la actualidad encerrados sin poder salir en lo que es ahora una ciudad de frío, tinieblas y destrucción".

Mi padre me había contado cientos de cuentos de magos, leprechauns, hadas, enanos y gigantes maravillosos, me los había contado en inglés y en castellano y yo los escuchaba todos, ensimismado, antes de ir a dormir, pero el cuento de la ciudad de la luz fue el que, ya más mayor, siguió impresionándome y más impacto dejó en mi mente a lo largo del tiempo.

Mientras contemplaba el rostro inmóvil de mi padre, a la espera de Nadia, me repetía esa historia que él había creado para mí y que recapitulaba la experiencia de su vida rota por el impulso contrapuesto de las dos ciudades. Yo tenía que lograr que, siquiera a través del cine, la ciudad de las tinieblas no prevaleciera para siempre.

VIII. UN AÑO DESPUÉS

Títulos publicados:

Mañana presentamos la película en un cine de San Francisco. Nadia y yo llevamos días tan nerviosos que no podemos dormir por las noches. Antes, la película había recorrido el circuito de los festivales con un éxito considerable entre algunos críticos: "*A new suggestive movie on the 1930´s*". "*Magnificently documented*". "*History is not dead, after all*". "Una película sobre una historia trágica y tierna a la vez". "Una visión desde fuera de la guerra y posguerra". Daniela y el Siscu están con nosotros. Llegaron hace unos días a San Diego y de allí nos trasladamos todos a San Francisco. Me doy cuenta de que hice la película tanto por ellos como por mi padre. Será la primera vez que se vean en pantalla y están contentos como los niños que van a un parque de atracciones. Nunca habían salido antes de España y hacer un viaje tan largo les parece una experiencia insólita y extraordinaria. Estoy contento con la recepción que la película ha ido teniendo. No es una película fácil ni para multitudes, pero no la hice pensando en la taquilla. Para mí es suficiente pasar caminando por delante del cine y poder contemplar la fachada iluminada con las letras de neón: *Black and White. En blanco y negro*. Sé que Miguel se sentiría satisfecho con esta película que en realidad él mismo había creado y escrito y que, si los señores de la ciudad de las tinieblas de Hollywood lo hubieran permitido, él habría dirigido y llevado a las pantallas de un lado y otro del Atlántico. Ahora ya no hay más que aguardar, tratando de dominar la excitación y los nervios, semioculto en uno de los palcos aterciopelados de un viejo y suntuoso cine de *downtown*, viendo al público que va entrando en el local, habla, tose, gesticula y toma asiento en las butacas de platea, a la espera de que reciban bien la película y nos colmen, al final de la proyección, con una ovación cerrada e inequívoca, un aplauso ininterrumpido y creciente, que se inicie y no se detenga y

177

luego vaya siempre *in crescendo* y siga subiendo y se prolongue y extienda y prosiga durante una larga e intensa secuencia de inolvidables e irrepetibles minutos.

THE END